古怪國不思議事件 ③

出擊！決戰百變首領

段立欣 著

U0106359

新雅文化事業有限公司

www.sunya.com.hk

目錄

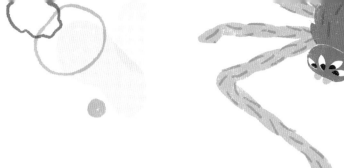

閃閃發光的幼稚園

「啊——等我三秒鐘！三秒鐘……」

一個梳着馬尾辮的身影衝下棉花糖巴士，可惜她跑到馬路邊還是來了個急刹車，站住了。

我就知道潘朵朵一定會來不及過馬路，她每次都剛好趕上酸三色交通燈變紅，然後就只能站在那裏，傻傻地等待它重新變綠了。

「喂，潘朵朵，你一定是棉花糖沒吃夠，不捨得下車吧。」我幸災樂禍地隔着馬路喊。

此時棉花糖正黏在她的嘴角上，還帶着些沒有被融化的糖絲飄來飄去，讓潘朵朵看起來像是長了白鬍子。

「我跟你講，我就是為了想像出一個全新的棉花糖雪糕才故意晚了三秒鐘。」潘朵朵一撇嘴，一副滿不在乎的樣子。

「好好好，知道你最喜歡雪糕！」我忍住沒笑出聲，

算是給她留足了面子。

　　「叮鈴、叮鈴、叮鈴。」酸三色交通燈甜甜地響了三聲，紅色燈變成了綠色燈，隨之而來的綠色砂糖彈出來撒了一地，供小螞蟻、小蟲子們搬運。潘朵朵也踩着琴鍵斑馬線，叮叮咚咚地來到我身邊。

　　「嗨，小湯，大帥還沒到？」潘朵朵走過來，跟我擊了一下掌。

　　這就是我的好朋友潘朵朵。我們還在等另一個朋友大帥。

　　不到約定時間的最後一秒，那傢伙肯定不會出現的！大帥的時間觀念簡直到達強迫症的地步，以至於我總是懷疑，他那個圓圓的大腦袋裏是不是裝了一隻秒錶。

　　大帥是個名副其實的少年發明專家，他能解決所有電子方面的技術難題。

　　在我們的幼稚園，要是有什麼技術問題讓大帥為難，

那這個問題就真的解不開了。不過，到現在為止大帥還沒有被難倒過。

眼看沙漏鐘翻轉了兩次，最後一粒沙子剛剛從中間掉落，我們就聽到那個熟悉的聲音從身後傳來：「潘朵朵！小湯！」

大帥踩着他的飛行滑輪來到我們身邊。

他跳下來打量着穿了一身黑色衣服的潘朵朵：「你這個打扮還真是像『黑客』啊！」

「那是！我當不了黑客，但可以從形象上無限接近黑客。」潘朵朵得意地挑了挑眉毛。

見人齊了，我提議說：「走吧，去中心花園展開我們今天的『腦筋轉轉轉』吧。」

中心花園是我們幼稚園的中心地帶，在那裏可以做一切想做的事情，沒有人來打擾和干涉你。

比如，你想把吹波糖吹得比自己的頭還大，不會有人跳出來說吹波糖黏到空氣中的灰塵會很髒；你想在湖裏划橡皮鴨子小船，也不會有人跑過來說小孩子嬉水太危險；當然，就算你想把天上的一朵雲變成烏雲，只在你頭頂下雨時，更不會有人嘲笑你愚蠢。

因為在這裏，或者說在整個幼稚園，我們可以做任何想做的事情，可以把各種美好的想像都變成現實。所以，「幼稚」、「可笑」、「不切實際」這些詞語，在幼稚園都用不上。

不過，即使在幼稚園很自由，我們的笑容背後仍舊藏着深深的感傷。因為我們是一羣不能和爸爸媽媽一起生活、被流放的孩子。

沒錯，幼稚園不是那些照顧小孩子的機構，而是一個獨立的星球。這裏居住了所有14歲以下的孩子，一羣充滿想像力、自由的孩子，就是我們。

至於我們的父母，他們被迫留在另一個地方——孩子國。

你看，從名字就可以輕鬆辨別出來，孩子國才是我們的家，而幼稚園只是暫時的棲身地。

曾經，孩子國也像幼稚園一樣充滿熱情、活力、色彩和奇思妙想。直到有一天，我們的國家來了一個新首領，那裏便成為一個不歡迎小孩子的地方。

自從新首領出現後，大街小巷忽然一夜之間冒出很多機械警察和機械警犬。它們眼神冰冷，臉上沒有表情。這

些沒有情感的機械人都是為新首領服務的。

新首領還要求每個人身上都必須植入智能晶片。這塊智能晶片裏，包含了每個人的個人信息，甚至可以記錄每個人的思想波段。

與其說是方便管理，不如說是想偷窺和掌控所有人的思想。

但我們小孩子的思想怎麼可能被控制呢？上一秒我們的心裏還盛開着玫瑰花，下一秒仙人掌刺暴雨可能就下起來了！

於是，可怕的事情發生了，新首領頒布了一條命令：所有4至14歲的孩子，從下個月起必須遣送出國，到遙遠的外星球上開始獨立的新生活，18歲以後才能返回孩子國。

消息一出，舉國譁然。

家長們紛紛站出來反對新的法律，他們利用大人的方法，通過電台、電視台、報紙、網絡等輿論途徑，發表宣言、看法，一時間佔領了輿論高地。

「孩子是我們的未來！不能和我們分離！」

「除了父母，沒有人可以決定我們的孩子在哪裏生活！」

……

但這個首領是絕對的強硬派，對他而言，這些抗議遊行，這些專家、學者、政客的言論，以及老百姓的不滿，都是沒用的耳邊風。

關於「流放孩子」的矛盾越來越激化，輿論攻擊無效。勇敢的暗殺者在不斷的挑戰和嘗試後，也紛紛敗下陣來。他們甚至都不知道自己是怎樣輸的、輸給了誰。

勇士們似乎都見過首領，都成功地向首領發動了襲擊，但結果卻是竹籃打水一場空。在他們事後的描述中，似乎每個人見到的首領都不一樣。

有人説首領是一個短小精悍、長着八字鬍鬚的光頭男子；有人説首領是披着及腰波浪長髮、身材窈窕的女郎；有人説首領是沙漠裏的一棵仙人掌；還有人居然説首領是隻大癩蛤蟆……總之，把這些人的言論都放在一起綜合分析，得出的結論就是：沒有人見過真正的首領是什麼樣子。

因為沒有人見過他，人們就越傳越神化。有人說他擁有宇宙中最強大的力量，有人說他可以控制一切。但這個超級強大的人物，卻容不下國內有手無縛雞之力的孩子存在。

　　新首領就這樣謎一樣地存在，他似乎無處不在，卻又從未露面。

離別的
那一天

　　那段時間，大人們每天回到家裏表現出的都是沮喪和疲憊。

　　「真的沒辦法……太難了，連對手是誰都不知道。」

　　「孩子們還那麼小，離開我們怎樣生活？不能就這樣放棄。」

　　「明天，我要再聯合更多家長去遊行！」

　　轟轟烈烈的抗議活動一波又一波，就像海浪一樣沒有停息。但一切抗議的行動，都成了大人們自己在上演的一場又一場獨腳戲。人們明明知道牆的另一邊有他們要找的人，卻永遠也無法接近。

　　想到那時的情景，我們這些孩子都忍不住為大人們擔憂。

　　「還記不記得，雖然爸爸媽媽們很努力地做了一切，但他們最後不得不認輸？」我邊走邊説。

大帥點點頭：「因為大人們根本不知道該從何下手，他們在跟一個無法確定其真實存在，但是又無處不在的首領的鬥法過程中敗下陣來。」

　　潘朵朵連忙打斷大帥繞口令一樣的分析，否則我們就要被繞暈了。

　　「最可怕的不是被欺壓，而是被無視。」潘朵朵義憤填膺地揮着拳頭，「每天都跟空氣打架、辯論，誰會勝利啊！」

　　沒錯，我清楚記得那時候強烈的不確定感，讓大人們的精神都瀕臨崩潰。大人們只能淚流滿面地說：「對不起，孩子們，我們都盡了力，但是顯然不夠好。」

　　最後，首領下了最後通牒：「不願意離開的孩子，如有失蹤，一概不負責。」

　　這可不是嚇唬人的，從那天起，真的有孩子莫名失蹤。就算家長把孩子放進皮箱再鎖進保險櫃，還是不能倖免於難。

　　隨着小孩子的失蹤數字不斷攀升，最後，大人們不得不屈服，新首領不戰而勝！

　　那時的報紙頭條是這樣寫的：爸爸媽媽們認輸了，無

論從精神還是武力方面，都敵不過我們的新首領……

沒錯，如果不妥協，說不定哪天自己的孩子就會被滿街的機械巡警無聲無息地帶走，送去那遙遠的星球，獨立生活到一定年齡，那起碼還有回來團聚的希望。

這個決定一散布，孩子們的哭聲瞬間響徹大街小巷。

「小湯，你那時哭了嗎？」潘朵朵小心地問我。

「我那時只有一個想法，離開爸爸媽媽，我能不能活下來？」我迴避了哭還是沒哭這個問題，努力擠出一絲苦笑。

沒錯，在孩子中，我算是堅強的。我堅強到從沒在別人面前掉過一次眼淚！

雖然我和所有即將被「流放」的孩子一樣，充滿驚恐又帶着迷惘，但我知道我們不得不離開。

離開孩子國的那天，陽光特別好，完全不像大人們描繪的情景：分離時陰雲密布、陰雨綿綿、萬物蕭條……大自然才不會配合我們的情緒，它只會按照自己的規律，呈現出應有的天氣和景物。

雖然陽光明媚，萬物生機勃勃，但那天送別的氣氛卻冷到了冰點。尤其是那艘巨大的深藍色飛船，沉沉地壓在

每個人的心上。

　　飛船停泊在草坪上，一邊是孩子們和家長們在默默哭泣，一邊則是冷冰冰的機械警犬和首領的機械護衛軍。它們來來回回地巡視，掃描每個登上飛船的孩子的智能晶片，以確保不會有大人偷偷跟隨孩子一起離開。這樣戒備森嚴，就是為了把符合年齡的孩子一個不留的全部運走。

　　我的爸爸媽媽當時的表情看起來像被冰霜凍住了，臉色蒼白。媽媽緊緊地摟住我，想把我按進她的懷裏。

　　「小湯，媽媽真希望你現在就是18歲，那麼我們就不會分開了。」她嗚咽着說。

　　「媽媽，我也不想離開你和爸爸。」我強忍着不讓眼淚掉下來，「但你放心，我會平安回來的。」

　　我不能哭，我哭了爸爸媽媽會更難過。

　　我那位下巴長着仙人掌似的鬍子的爸爸只是站在一邊，一會兒摟一下媽媽的肩膀，一會兒摸摸我的腦袋，似乎有很多話想跟我說，但是都沒說出口。

　　只是在最後我們不得不分開的時候，爸爸才忍不住使勁抱住了我，把我從地面上像拔蘿蔔似的拔了起來。

　　說真的，一個10歲大男孩被爸爸忽然這麼抱起來，

是很沒面子的事情。但是那天，爸爸把我舉起來的一瞬間，我第一次清晰地意識到，這次送別意味着以後很久的一段時間，我將感受不到這溫暖有力的臂膀了！

真的要等到長大後才能回到我們的孩子國嗎？在這樣的首領統治下，那時候的孩子國會是什麼景況啊？

無法想像！不敢想像！不能想像！

巨大的飛船就這樣帶着第一批符合年齡的孩子出發了。看着飛船裏和我一起前往未知的星球、面對未知命運的小伙伴，我的心懸了起來，感覺越來越不安。直至從人羣中看到他們——大帥和潘朵朵，我那緊張的心情才「砰」的一下落了地。

大帥和潘朵朵是跟我一起長大的朋友，我們一起上幼稚園，又進了同一所小學的同一個班級。如果不是發生這樣的大變故，也許以後我們還會上同一所大學，走進同一所公司……此時，我慶幸我們能一起踏上旅途。

「潘朵朵，別哭了，我們還在一起。」我握着潘朵朵的一隻手，輕聲安慰她。

「有我保護你們，放心吧。」大帥像電視劇裏的大哥，豪情萬丈地拍了拍自己的胸膛，又指了指自己的腦

袋。

　還好，有朋友作伴的旅途不再是黑色了，我們都懷抱着長大後再團聚的信念，離開了温暖的家，離開了親愛的爸爸媽媽，離開了我們的孩子國。

　我不知道飛船飛了多久，就連大帥這種腦袋裏裝了秒錶的高智商都沒法計算出來。

　我們孤獨又迷茫地飛到那個連名字都沒有的星球。

　作為第一批被「遣送」到這裏的小孩，我們給它起了個甜蜜的名字——幼稚園，並在這裏開始了另一種人生。

建設我們的
幼稚園

來到這個小星球時正是深夜。漆黑的夜晚沒有一絲光亮，我們什麼也看不見。

沒有人敢走下飛船，就連平時最喜歡欺負同學的搗蛋鬼們，也不敢冒這個險。因為，誰也不知道飛船外面到底有什麼。

本來在漫長的旅途中，心情已經漸漸平復的「乘客們」，此時看到無邊的黑暗，又開始抽泣起來。年紀較小的孩子，則大聲哭鬧着要媽媽、找爸爸。

滿耳朵都是哭哭啼啼的聲音，讓我的內心變得異常煩亂，心裏忍不住想：「要是此時爸爸媽媽在，他們會說些什麼呢？」

媽媽一定會說：「小湯，集中精神！今天練習了『腦筋轉轉轉』嗎？」

「從沒間斷過！」每次我都這樣肯定地向媽媽匯報。

「腦筋轉轉轉」是風靡我們孩子國的一種鍛煉頭腦遊戲，簡單地說就是讓每個人都盡情釋放自己的大腦，天馬行空地想像。

每個小孩子從懂得思考開始，就會玩這個遊戲。大人們會鼓勵我們，讓我們盡情想像。

我媽媽總是在下班到家後，一邊蹲下身子張開雙臂擁抱我，一邊溫柔愉快地詢問我有沒有練習「腦筋轉轉轉」。

那還用說出來，這麼好玩的遊戲，誰會忘記呢？

不過大人們很少玩這個遊戲了，因為他們在長成大人的過程中丟掉了好多想像力，不知不覺腦筋就越轉越慢，有的甚至就轉不動了。現在，他們只會「1＋1＝2」這種直來直去的思維，只會按照「邏輯」和「事實」來思考和判斷事情。

所以，他們才會格外鼓勵我們玩這個遊戲。用媽媽的話說就是：「有你們小孩子每天玩『腦筋轉轉轉』，我們就放心了，這樣孩子國才會永遠精彩！」

想到這裏，再看看飛船外漆黑一片的陌生星球，我忽然冒出一個想法：「我們來玩『腦筋轉轉轉』吧！」我拉

着大帥和潘朵朵的手，認真地說。

「現在？我好像沒什麼心情。」大帥看起來有點神不守舍。

潘朵朵倒是興致勃勃，她是我們班想像力最豐富、「腦筋轉轉轉」玩得最好的。

「我希望現在出現好多會發光的星星，能把外面照亮。」潘朵朵一展開想像，情緒就不那麼低落了。

「你犯規了，不能憑空想像出東西，要在現有的東西上進行想像。」大帥用他邏輯嚴謹的腦袋思考並反駁道。

然而，大帥還沒說完，我就覺得衣服口袋裏面有東西在跳。

我趕快打開口袋上的扣子，發現裏面有很多星星跳躍着。它們從我的衣服口袋裏魚貫而出，跳到地板上，跳到每個孩子的手上……它們越變越大，越變越亮，亮得我們快要睜不開眼了。

所有人都目瞪口呆地看着這些發光的星星，哭泣和吵鬧瞬間停止。幾秒鐘的安靜後，大家看到星星們整齊地向飛船艙門衝了過去。

坐在門口的大孩子毫不猶豫地為小星星打開了艙門，

大叫着：「去吧，去點亮夜空吧！」

星星們一顆接一顆跳出太空艙，跳到外面的黑暗裏。

慢慢地，它們連成了一條線、兩條線，像一條逆流而上的閃閃發光的小溪，朝天空中飛去。小星星們蹦蹦跳跳地散發出柔和的光，照亮了夜晚的天空！

「快看，還有一些星星圍成了一個圈，把我們的太空船罩在中間了。」我驚喜地指着外面。大家都擁到窗戶邊來看，每個人的眼中都閃着星星般的光芒。

在這個大大的擁抱中，大孩子小孩子都不再吵鬧，也不覺得那麼難過、那麼害怕了。雖然我們還是沒有勇氣走出飛船，但漸漸地，漸漸地，大家陸續進入了夢鄉。

一覺醒來，天已大亮。

我們走出飛船，清楚地看到這個星球的樣子：如同一張白紙，什麼都沒有。那一瞬間，我感到特別失望。

「就算有棵蘋果樹也好啊！」我不滿地嘀咕了一句。

話音剛落，一棵掛滿了紅色蘋果的樹忽然破土而出，最奇妙的是，這棵蘋果樹鑽出地面的時候，它上面的蘋果一個都沒有被擠掉。

「哇！」潘朵朵情不自禁地歡呼起來，「和你説的一

樣！看到了吧，這個星球比我們的孩子國還厲害，這裏可以用想像力憑空創造出一切東西。」

這下子，我們每個人都覺得，未來的日子好像也沒那麼糟了。

「我們要在這裏好好活下去！」一個年齡稍大的孩子站起身，揮着握緊的拳頭大聲喊着，「只要我們有無盡的想像力，就能創造一個充滿奇跡的國家！」

「加油！加油！加油！」大家被他感染了，羣情激昂地為自己鼓起了勁。

説真的，那一刻我差點落淚。

跟父母分別的時候我沒有落淚，降落在一片黑暗的陌生星球時我沒有落淚，而面對希望時，我竟然激動得要哭了。

我努力平復一下自己的心情，伸出一隻手，對我的好朋友潘朵朵和大帥説：「接下來，是我們比拼『腦筋轉轉轉』的時候，準備好嗎？」

「那就比比看吧！」潘朵朵自信地把手掌搭在我的手上，大帥的手也搭了上來。我們用力搖了三下，就像還在孩子國時那樣。

　　我們就是在這時給這個全新的星球起了「幼稚園」的名字。接下來的事情就簡單得多，因為我們很擅長運用想像力玩「腦筋轉轉轉」的遊戲，所以沒過多久，幼稚園就變得有模有樣了。

　　我們想像出自己喜歡的房子的樣子，它們有的是城堡、有的是氣泡、有的是蛋糕、有的是山洞……總之，只要玩「腦筋轉轉轉」，你想出什麼樣的房子，這種房子就會「噗」的一聲冒出來。

　　有了住的地方後，馬路、樹木、大海、遊樂場和稀奇古怪的動物們也陸陸續續地出現了。

　　這多虧爸爸媽媽平時堅持讓我們進行「腦筋轉轉轉」

的訓練。

　　不久，大帥還想像出一個高科技研發中心。在這裏，他可以在想像的基礎上結合科學知識進一步研究，開發出一系列高科技產品。

　　「可是，要那麼多科技產品有什麼用呢？」有的孩子好奇地問，「如果是我，我會想像出一個水果噴泉，而不是一部製造水果的機器。」

　　大帥調整一下雷達的方向，一本正經地解釋說：「我們雖然被送離孩子國，但早晚都要回去。那麼，我們不僅要隨時了解孩子國的現狀，還要建立防護系統，讓孩子國的首領不知道我們的真實情況！」

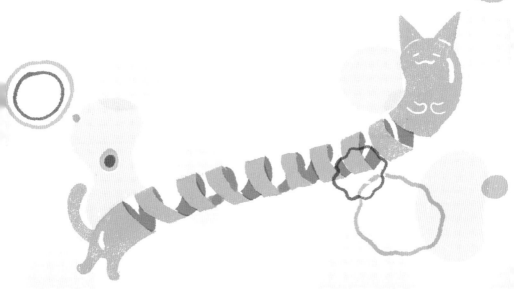

　　沒想到大帥這麼有遠見。說真的，那一刻我對他佩服得五體投地。

　　之後的每個月，都會有一些孩子被「遣送」到幼稚園。

　　他們剛來的時候都是哭哭啼啼的，什麼都不會做。但在我們的帶動下，他們很快就堅強起來，融入了幼稚園的生活。要知道，在這個沒有大人保護和關愛的世界裏，我們必須自己照顧自己了。

偷渡是回家
的唯一辦法

　　幾個月就這樣過去了，能彈出糖果的酸三色交通燈、可以彈跳的跳棋狀房子、空中飛翔着的五彩氣泡魚⋯⋯幼稚園被我們這羣孩子的想像力創建得越來越光怪陸離。

　　沒錯，這正是我們想要的。

　　雖然它已經很美麗了，但每天我還是會和好朋友大帥和潘朵朵約好，一起到中央花園去玩「腦筋轉轉轉」，我們總希望能再為幼稚園添置點什麼有趣的東西。

　　今天的收穫不大，我只想像出幾隻會跳探戈舞的螳螂，潘朵朵把火焰和龍捲風想像成雪糕，而大帥想像出的自動發熱帽子，瞬間便把我的想像比下去了。

　　「不知道為什麼，我總覺得心裏發慌，有點不安。」我把自己的心事説給他們聽。

　　「想家了吧？」大帥拍一下我的肩膀，「小湯，想爸爸媽媽的時候，其實是可以哭一下的，畢竟我們還是孩

子。」

我笑着點點頭：「我偷偷哭過，只是不讓你們看見。」

「真不了解你們男生，哭有什麼不好的，還要偷偷哭，裝堅強！」潘朵朵把兩個雪糕塞進我和大帥的手裏，撇撇嘴說，「走吧，我們該偷偷回家吃飯了！」

我和大帥忍不住笑了起來。

結束了今天的「腦筋轉轉轉」大比拼，我們回到各自的家。一進家門，我就知道我的壞心情源於哪裏了！

大帥給我們每人一個間諜機械人，此時帶來了這樣的消息——

「小湯，你的媽媽生病了，很嚴重。因為她太想念你，每天除了工作就是想你，吃不好也睡不好，所以病倒了。」間諜機械人一字一句地把打探到的消息通報給我。

聽到這個壞消息的那一刻，我的心一下子變得像融化的牛油一樣！要知道，從到達幼稚園的第一天起，我就告訴自己要堅強。可是此時，我突然覺得表面堅強的自己其實一點兒也不堅強，我只是個想回到爸爸媽媽身邊的孩子。

很久沒哭的我，終於無法控制自己的情緒，放聲大哭起來。

　　「小湯，你哭了？」潘朵朵的聲音在我背後響起。

　　她小心翼翼地走過來，結結巴巴地安慰我：「我……我從友情門進來不是要偷聽的，我只是想把一個美夢罐頭送給你。」

　　「我現在不需要什麼美夢。」我哽咽着說，「朵朵，我只想回家，回孩子國看媽媽，我一分鐘也待不下去了。」

　　潘朵朵急得不知道該如何是好，只能又叫來了大帥。

　　「來了，來了，剛分別十分鐘，你們就想念我了？」話音剛落，大帥就從友情門走進來。

　　這扇友情門也是大帥的傑作，只要在智能晶片裏設置成彼此的好朋友，友情門就會隨時在任何地方打開。這次，大帥把門開到我的臥室牆壁上。

　　我把媽媽生病的壞消息告訴他們，潘朵朵一下子變得緊張起來：「所以，你想要回孩子國嗎？那是大人的國家，我們小孩是不被允許回去的，你應該清楚。」

　　「是的，我清楚。」我點了點頭，「從我們被驅逐的

那天起就清楚，但為什麼沒有人問過，我們為什麼要遵守首領的這個命令？」

潘朵朵歎了口氣：「大人們都沒辦法對抗首領，何況我們小孩呢，也只能遵守了。」

「我不信！」我倔強地說道，「我要回去，不管用什麼方法！」

「這不是件容易的事，如果被發現，你就很危險了。」大帥並沒有危言聳聽，這是每個人都知道的事實。

我看着大帥，堅定地說道：「所以，我需要你的幫助。」

大帥頓時沉默了。說實話，現在這個局面，大帥和潘朵朵都沒有設想過。

沒錯，我們無數次想着總有一天要反攻回去，但具體的行動步驟還沒有成形。雖說想像出一艘飛船很容易，但想要回到孩子國，不只是一艘飛船這麼簡單。

潘朵朵的語氣中透着憂愁：「這太突然了，小湯，你真的準備好嗎？」

此時我已經控制住自己的情緒，腦子也開始運轉：「準備好了，但我不會愚蠢到自投羅網！我覺得我們就圍

繞『偷渡』這個詞語開始吧。」

細想一下，我們來到幼稚園已經整整108天了，雖然沒回過孩子國，但來自那裏的消息一直都沒有間斷過。

聽説自從我們這些孩子離開後，孩子國失去了色彩和歡笑，整個國家灰濛濛的，所有建築物和街道都被統一編上數字，就像每個人的智能晶片一樣，以方便新首領更好地管理。

「忽然想要回去，那談何容易啊！」大帥撓撓頭，忽然驚喜地拍着桌子大喊一聲，「我有辦法了！」

我期待地看着他充滿興奮的臉，那表情和我們第一次發現星星可以通過想像變出來時一樣。

「智能晶片！」大帥斬釘截鐵地説，「智能晶片一定能幫你偷渡成功！不過小湯，你真的準備好了嗎？」

我苦笑着向面前兩個最好的朋友問道：「你們兩個的智能晶片是不是互相干擾了？性格都互換了！」

潘朵朵的臉紅了，大帥則莫名其妙地撓着腦袋。

我需要一塊智能晶片

大帥説得沒錯，我最需要的是一塊可以偽造身分的智能晶片！如果沒辦法隱藏身分，還談什麼偷渡呢？我根本連孩子國都無法靠近。

説到智能晶片，我敢説這一定是每個孩子國居民的恥辱！

強大的電腦主機在分析和統計過這些思想波段後，將不同年齡段的人的思想都轉化成波動圖，還能根據大量樣本製作出一套相對嚴謹的分類法，嚴格區分成年人和未成年的人。所以，如果我直接回到孩子國，就算裝成一頭長毛象，也會被輕易發現！

「可是我們去哪裏找一個大人的智能晶片啊？」潘朵朵急得直撓頭。

「潘朵朵，你是不是忘記我是誰？」大帥把身子往沙發上一靠，頗為得意地説。

潘朵朵立刻雙手抱拳一鞠躬：「哦哦，失敬失敬，你是黑客大帥！我差點把你忘了！」

要知道，大帥是我們這些大孩子、小孩子中最厲害的科技高手。還在孩子國的時候，我們都只會玩「腦筋轉轉轉」這個訓練想像力的遊戲，他已經可以在想像的基礎上結合各種科學理論，把大部分想像變成現實了！

記得有一次他上廁所時實在無聊，就用手機網絡進入了首領的個人郵箱，還寫下「好臭」兩個字。他這個解悶的舉動把新首領嚇得發抖，全國戒嚴了一個月，甚至還特地用大型電腦分析這幾個字的奧秘，最後還是不了了之。

每次說起這件事，大帥都會遺憾地說：「我應該把『小湯，沒廁紙了，快送來。』這句話也寫上去。」

雖說眼前的大帥自信滿滿，但我還是有點擔心：「大帥，你想像出一塊智能晶片當然簡單，可是又怎麼能偽造出一個大人的思想呢？畢竟我們都不知道大人們在想什麼。」

「哪裏需要偽造啊！」大帥聳了聳肩，信誓旦旦地說，「我已經想好了，我可以遙距複製一些大人的智能晶片。」

「好主意！」潘朵朵開心地拍起了手，「那麼，我們複製一塊多大年齡的智能晶片才合適？」

「40歲怎麼樣？」我提議説。我的爸爸媽媽現在就是40歲的年紀，我不止一次想知道他們這個年紀每天都在想些什麼。

「不好不好。」潘朵朵連連擺手，「40歲的思想波段太亂了，他們每天要想很多事情，會和我們的智能晶片有衝突，運行起來容易錯亂。」

我點點頭，覺得潘朵朵的擔憂有道理。如果我自己的晶片內容和新植入的晶片內容混淆在一起，造成記憶錯亂，那就麻煩了。

「那就乾脆找幾位歲數很大的老人吧，80歲，如何？」大帥問。

「80歲？80歲老人的記憶太多了！」我有點不確定地説，「我覺得我沒法帶動那麼多的記憶運轉。」

40歲的智能晶片活躍，80歲的智能晶片內容多，最後我們決定折衷一下。

60歲的智能晶片，就這麼決定了。

大帥露出輕鬆的表情，站起身拉開友情門，回頭對我

說：「只需給我一天時間！」說完，一閃身就不見了。

「再堅持一天！」潘朵朵也給我一個棉花糖般、大大的擁抱後，打開她的友情門離開了。

這時天色已晚，不知是誰想像出來的三角形月亮在天空中跳來跳去，把原來的滿月追得到處跑。窗外是各種鳥叫和蟲鳴，一天又這樣過去了。

屋子裏就剩下我自己後，我用枕頭蒙住眼睛，想要放空大腦。可是無論我怎樣努力，媽媽憔悴的面容還是不斷地閃現在眼前。

可惜，就算我能用「腦筋轉轉轉」想像出任何東西，也不能把自己最親愛的人想像出來。他們似乎只存在於記憶中，不可能真實地站在我們面前。

「不管怎樣，我馬上就要見到你，媽媽，小湯就這樣回家！」我喃喃自語，讓自己儘快入睡，只有安靜和休息，才能讓我勇敢地面對接下來未知的挑戰。

一天後，大帥如約來到我家，他屁股後面跟着一條小尾巴——潘朵朵。

「小湯，這是給你的禮物。」大帥瀟灑地一揮手，一塊鈕扣大小的智能晶片落在我的手裏。

「大帥，你確定是60歲的智能晶片吧？」我認真地看着他，「你確定它和我的智能晶片不會互相干擾？」

大帥鄭重其事地點點頭：「如果你連我都不信任，那幼稚園就沒有可以信任的小孩了。」

其實我相信大帥，就像相信太陽和月亮每天都會升起來一樣。只不過，因為即將面臨的挑戰太巨大了，這讓我變得小心翼翼。

潘朵朵從我手中拿起60歲的智能晶片，盯着它從上看到下，從正面看到背面，一邊看一邊小心翼翼用手指觸摸，口中發出「嘖嘖」的讚歎。

「不愧是大帥的作品！」她眼睛裏閃着亮晶晶的光，似乎這塊智能晶片裏面有火焰在跳動，「小湯，讓我們幫你把它裝好。」潘朵朵用微微顫抖的聲音說着，看得出，她緊張極了。

潘朵朵站起身，呼出一口氣，感歎道：「唉，我們保留的小孩子記憶，是多麼美好啊！」

「別像個大人似的唉聲歎氣好不好？」大帥搖搖頭，「我們現在也不過10歲，還是小孩子，否則就不用偷渡了。」

想想我們被驅逐的時候，大帥還拖着兩條長鼻涕哭得死去活來，僅僅幾個月過去，10歲的大帥就已經成長得像傳說中的英雄一樣帥了。

有目標就
無所畏懼

　　在大帥和潘朵朵的通力合作下，偽裝身分的全新智能晶片很快就被植入我的體內。

　　我用手輕輕撫摸着自己的手腕，它摸上去還是那麼柔軟，誰也不會想到在這裏有一塊偽裝身分的智能晶片。

　　大帥為了得到它，入侵了孩子國的人口數據庫，抓取並分析了所有60歲老人的記憶數據，篩選及整合出一個看起來非常真實，但又和每個60歲老人都不相同的記憶內容。

　　「為什麼不直接複製一個60歲老人的記憶呢？那不是更簡單？」我好奇地問道。

　　「對於一個偷渡回國的孩子，必須確保萬無一失！」大帥握了握我的手腕，認真地說，「這樣你走在街上，就算遇到機械巡警的掃描，也不會在系統中匹配到完全一樣的數據樣本，避免你和數據主人同時出現的可能性。」

「天啊，你想得真夠仔細！」潘朵朵不由得驚呼起來。

「僅憑晶片，我就可以蒙混過關？」我又問道。

「不不不，還有另一個絕妙的偽裝！」大帥神秘兮兮地說着，「不過，那是個驚喜，你順利回到孩子國就知道了。」

好吧，這就是我最佩服大帥的一點，在與技術相關的事情上總是嚴謹到極致。我敢肯定有了他的幫助，我一定能完美地避過風險，回到孩子國。

「謝謝你為我做的一切！」我緊緊擁抱住大帥——我最好的朋友。

大帥從沒被我抱得這麼緊，他擺出一副嫌棄的表情，一下推開我，使勁拍了拍我的後背，說：「等你回來。」

潘朵朵在一旁已經紅了眼眶，但她還是使勁笑着，送給我一個繫着蝴蝶結的粉紅小布袋：「小湯，我給你準備了食物，還有不會融化的雪糕，路上無聊就吃。你知道的，只要一吃東西，時間就過得飛快。」

我鼻子一酸，雙手趕緊接過小布袋，感覺拿在手裏沉甸甸的。

　　這個潘朵朵肯定是用她引以為傲的壓縮食物便當盒，把所有吃的東西都狠狠地壓縮了。我敢打賭，她說不定已經把一整間超級市場都給我壓縮在裏面了。

　　「謝謝朵朵，看來我要小心一點，別在路上吃得太多，到時候擠不出飛船的門。」我怕潘朵朵太難過，故意開了個玩笑。

　　「好了，時間不早了，讓我們說說具體環節。」大帥拉着我坐下來，隨手在桌子上畫着圖，講解他這一天做的全部調查。

　　據大帥的遙距觀測，15分鐘後會有一艘運送新「居民」的飛船降落在幼稚園的中心廣場，這艘飛船有一個備用艙，是用來放雜物的。那裏雖然不是很寬敞，但因為它在飛船的中間夾層裏，所以如果沒有特殊情況，平時是不會有人進去的。

　　「那麼，你在裏面可以安全度過整個行程。」大帥說着用筆敲了兩下圖紙，「切記，回到孩子國後，如果在街上遇到機械巡警，一定不要思考，這樣就可以確保機械巡警讀到的是60歲的數據。」

　　大帥一邊催我出發，一邊再三叮囑我注意事項。我認

識他這麼久，從沒見過他這麼嘮叨。

帶着回家的信念，我們來到幼稚園的中心廣場。飛船準時降落，和大帥推算的時間分毫不差。

趁着新來的孩子們哭哭啼啼下飛船的時候，我在一片混亂中溜進了飛船，按照大帥給我的圖紙，順利找到藏身處。

完美，一切都很順利。

這裏的確是個不算大的雜物艙，裏面有許多箱子、盒子和亂七八糟的東西，但並沒有灰塵，溫度和濕度也和外面沒有差別。我甚至還找到一張小毯子，可以用來鋪在地板上或者蓋在身上。

箱子堆得很高，像屏風一樣將這個不算大的雜物艙分成了兩個空間。試想想，只要我不發出任何聲響，即使有人來到這裏，也不會輕易發現這些高高的箱子後面還有一個偷渡客。

我席地而坐，把潘朵朵給我的布袋放在一旁。手腕上的手環呈現出柔和的淡綠色，這是大帥給我的裝備。

他當時告訴我，這條密碼手環能夠和他的電腦連接，方便我們互相傳遞密碼消息。萬一有危險，他還可以遙距

幫助我！

　　多好的朋友啊！難怪媽媽總說，童年時的友誼是這一生中最真最純的。

　　想到這兒，我感覺到飛船已經開始緩緩起飛了。除了離開幼稚園的瞬間讓我感到短暫的眩暈和不適，之後一路都非常平穩。

　　沒有任何波折，沒有任何意外，沒有任何驚險瞬間，我就這樣在飛船裏面吃着潘朵朵想像出來的雪糕，打發着時間。

　　離開孩子國已經幾個月了，雖然有間諜機械人不定期地給我們傳來家人的消息，但在我看來，這些都是那麼遙遠和不真實。我多想親自走一走那些熟悉的街道，看一看那些熟悉的親人，擁抱我的爸爸媽媽啊！現在，這個願望即將成真！

　　迷迷糊糊中，我彷彿看見爸爸媽媽在飛船基地翹首盼望歸來的我，聽見他們激動地叫着我的名字：「小湯，小湯！」

　　我飛奔過去，撲進他們的懷裏，我們相擁而泣。

　　我沒長大，他們也沒變化，一切如舊。

　　可惜這美好的畫面沒有持續多久，就被腳下的一陣動盪震碎了！忽然間天搖地晃，剛剛還牽着我的手的爸爸媽媽被劇烈的震盪拋得不見蹤影。

　　我全身顫抖爬起來，出了一頭冷汗。

　　「還好只是一場噩夢。」我自言自語，模模糊糊地意識到，剛才夢裏劇烈的震動，應該是飛船即將降落了。

　　「別做夢了，小湯，振作起來！」我給自己打打氣，迅速收拾起地上的小毯子，輕輕放回原處，把潘朵朵給我的小布袋也收拾好，還檢查了一下四周是否留下痕跡，這才通過箱子的縫隙擠到艙門口，躡手躡腳把雜物艙的門拉開一條窄窄的縫隙，觀察走廊的情況。

　　夾層的走廊裏沒有人。

　　我稍微探出頭，透過小小的窗戶，可以看到飛船正在做最後的低空盤旋。縮回腦袋後，我在心裏默默倒數着：「10、9、8⋯⋯孩子國，我就要回來了。」

一個令人
懊惱的驚喜

終於，飛船平穩降落了。

我聽到船艙裏開始有動靜，執行任務的人員陸續下了飛船。我要等待時機，不能貿然出去。

估算着時間差不多了，我才輕手輕腳拉開艙門。先是躲在門邊窺伺夾層走廊，確認無人後探出半個身子環顧四周，也沒有問題。接着，我便快速移動到接近艙門的位置，嗯，已經沒有人了。

我看準機會，從艙門的空隙一躍而下。可是，就在這時，意想不到的事情發生了。

一隻機械警犬忽然出現在我的腳邊，朝着我狂吠起來，那一刻我嚇得心臟都停跳了一下。

怎麼辦？怎麼辦？機械巡警會在五秒鐘之內來到我面前。

「小湯，你記住機械巡警來的時候，一定不要想任何

事情，不要有情緒波動。平靜，然後儀器就只能讀取到你60歲的智能晶片了。」

慌亂中，我想起了大帥的叮囑。

我用餘光看到手環已經變成了燃燒的紅色，機械巡警越來越近了。

「冷靜，60歲的老人要冷靜！」我深吸一口氣，努力放空自己的大腦，什麼也不想。

機械巡警一眨眼就來到我身邊，對着我開始掃描。我什麼也不想，什麼也不做，就呆呆地站着，像雕塑一樣。

果然如大帥所説的一樣，只有短短兩秒鐘這些機械巡警便完成對我身分的掃描檢查。

在確認沒有問題後，一個機械聲音説道：「您好，女士，很抱歉。我們的警犬可能因為天氣太熱，過於亢奮，給您帶來不便，請您諒解。」

什麼，女士？哪裏來的女

士？

我的思緒稍微波動了一下，但馬上就調整好自己的心態。

好吧，我知道了，這就是大帥對我說的所謂驚喜——這位60歲老年女士的外貌！

我在心中暗暗叫苦，這個「驚喜」真夠令人沮喪，我一個10歲的翩翩少年，竟然要用女士的容貌來偽裝身分！要知道，60歲就已經讓我很鬱悶了！

雖然巡警對我這位60歲的女士表示歉意，但我知道它依然對狂吠的機械警犬感到困惑不解。

這樣並不行，不利於我的行動。我下意識握緊拳頭，卻被一個蝴蝶結弄痛了手心。

啊，有了。我愛潘朵朵。

我把潘朵朵的小布袋拿到機械警犬的眼前，打開蝴蝶結繩扣，儘量溫柔地說：「小乖乖，你一定是聞到好吃的東西才這麼激動吧？來來來，我給你吃電丸子！」

說着我打開袋子，從裏面的密

封盒裏拿出一顆壓縮好的電丸子，這種丸子其實是我們平時快速充電用的。壓縮成黃豆大小的電丸子一滾到地上，立刻膨脹起來，變成一顆乒乓球大小的丸子。

那隻機械警犬雖然對我的身分仍然不確定，但相比之下，能幫助它補充能量的電丸子更深得它的心。很快，它就開心地低頭吃了起來。

「哦，乖寶寶，小可愛，來，再給你兩顆，慢慢吃。」我又掏出兩顆電丸子丟在地上，然後學着老人的動作慢慢擺擺手，「警官，再見了。」

「再見，女士！」巡警説着，目送我離開。

我不得不承認，這個新首領還是有點本領的。他的這些機械巡警從最開始的冰冰冷冷、毫無感情，到現在逐步改進得已經有點禮貌了。那我們的孩子國，會不會變得沒那麼糟呢？

想着這些，我壓抑着想飛奔的腳步，保持着一個老

年人應該有的速度，緩步向前。

重新踏上這片土地，我的心已經飛出胸腔了，但我的腳卻還要蹭着地面前行，就像穿着沉重的鐵拖鞋一樣。

終於，我離開了飛船基地，安全來到城市裏。被送到幼稚園109天後，我終於再次回到孩子國！我在心裏吶喊：「我成功了，我們成功了！」

努力壓抑着自己激動的心情，我穩步走在孩子國的大街上。

看來我太樂觀了，這短短100多天，怎麼卻像過了100年、1000年呢？或者說，這裏就像被世界遺忘了一樣！這裏似乎是我從前的家園，但我幾乎不認得它了。它變了，變得好陌生。走在街道上，我根本看不到我記憶中的風景。

那些懸在半空中的水晶金魚池、十字路口的可樂噴泉、鋼琴鍵鋪成的斑馬線、像幕布一樣的灌木叢呢？就連從前五彩斑斕的各種建築物，也都變了樣子。它們變成了死氣沉沉的灰色，看起來就像被霧霾籠罩着一樣。

天空中飛過的是穿着黑色充氣飛行服的男士們，他們手裏提着統一款式的公事包，直來直往地在建築物上穿

梭；女士們則開着藥箱一樣的滑行車，面無表情地在路面往來。

　　過去那些形態各異的飛行器都不見蹤影，更別提氣泡魚形狀的房子了。稍微有點創意的東西，都被刪除得一乾二淨。

　　步行的人行色匆匆，沒有誰和誰親熱地擁抱、問候。

　　沒有人歡笑，沒有人蹦跳，甚至沒有人有情緒。每個人都和這個國家一樣，黯淡無光。我們的孩子國比我想像的還要糟糕。

　　我頓時傷感起來，但還要努力壓抑着自己的情緒，在心中默默吶喊着：「既然我能偷渡回來，就會有更多孩子回來，我們小孩子要捲土重來，奪回我們的孩子國！」

108號大街
24號酒吧

按照我的記憶，我順利地走進啪嗒麵條街，雖然這裏已經被規劃成108號大街。硬繃繃的數字、硬繃繃的顏色、硬繃繃的規定佔據着整個國家，但我還是認識它的樣子。

沒錯，現在的孩子國沒有名字，只叫國家。嚴格來說，國家裏的所有東西都沒有名字。樹就叫樹，凍飲店就叫凍飲店，連人的名字都忽略了。大家都被編上數字，以此來區分。

但我還是習慣用原來的名字稱呼它們。

一排機械巡警從我身邊走過，上下打量了我一眼。我知道它們正在快速掃描這個看起來有些茫然的老婆婆。將所有資料核實後，沒發現我具備什麼不安定的因素，它們才放心地走過去。

「咳咳！」我假裝咳嗽了兩下，走到啪嗒麵條街的

「象鼻子酒吧」，想看看這裏有沒有爸爸的身影。

記得以前，爸爸總是藉着帶我買零食的機會，偷偷來這裏喝上一小杯玫瑰蜜酒。

「這是我家的小男孩，很快他就會長成比他爸爸還要英俊瀟灑、充滿男子氣概、高大帥氣的小伙子！」爸爸每次喝到臉微紅的時候，就會這樣驕傲地向別人介紹我，接着用他那長滿短鬍子的大嘴巴，在我的臉上狠狠地親一下。

「討厭的仙人掌吻，我要告訴媽媽！」那時我的聲音尖得像警笛。然後酒吧裏的人就會哈哈大笑起來。

偶爾我也想嘗一口他的玫瑰蜜酒，但這是絕對不被允許的。爸爸總是説：「小孩子，着什麼急，未來喝酒的日子長着呢，等你長大成人。」

於是，我就開始天天期待着長大。

但我沒想到，後來我對長成大人的期盼變得那麼沉重，它已不再是玫瑰蜜酒的味道，而是期待回家的心情。

想到這裏，我推開了酒吧的門。昏暗的光線中馬上傳來了侍應生的招呼聲：「歡迎光臨108號大街24號酒吧，我是111號侍應生，您需要點什麼？」

面對一連串的數字，還沉浸在回憶中的我一時有點反應不過來。我只好匆忙地掃了酒吧一眼，說：「找人，找人。」

「是多少號？我來幫您搜索。」侍應生熱情地拿出一個手掌大的搜索器。

我怎麼知道爸爸被編成多少號呢？我已經幾個月沒有見過他了。要知道，關於號碼這件事，我的間諜機械人並沒有搜集到任何情報提供給我。

「嗯……6……」慌亂中我隨便說了個數字，剛想說出「號」字，卻注意到侍應生等待的眼神。

我意識到孩子國這麼多人，編號是個位數字的可能性很小。於是我隨口說道：「6……614號。」

這是爸爸的生日。

侍應生輸入後搖了搖頭說：「您找的人沒有來過，實在抱歉。」

「好吧。」這時候我的眼睛已經適應了這裏的光線，看遍整間酒吧後，我確定爸爸不在這裏。

我走出酒吧，呼出一口氣，把剛才的緊張情緒全吐出來。108號大街24號酒吧，機械的數字真讓人沮喪。

　　「我早該想到的。」我在心裏說着，「媽媽病得那麼嚴重，爸爸不會還有心情來喝酒。不知道媽媽現在怎麼樣了⋯⋯」

　　記得小時候，只要一聽到嗡嗡嗡的聲音，我就知道是媽媽下班了。然後一個方方的傢伙會降落在門口，那是媽媽的飛行器——它是滾筒洗衣機的模樣。而我的飛行器像隻甲殼蟲，爸爸的則像一棵仙人掌。

　　每次媽媽打開那扇圓形凸起的玻璃門從裏面鑽出來，我就會第一時間撲進她的懷裏。

　　「小湯，今天練習了『腦筋轉轉轉』嗎？」媽媽問。

　　「從來沒間斷過！」我大聲向媽媽匯報。

　　「真是我的好孩子。」媽媽輕輕地在我的臉上吻一下，媽媽的吻像柚子茶一樣甜，和爸爸的仙人掌吻可一點都不一樣。

　　「那時多好啊⋯⋯」我邊想邊朝家的方向走去。

　　記得新首領剛出現的時候，白雲上偶爾會留下迷路小孩的腳印，天上有時還會掉下幾棵大葱⋯⋯誰知道，反正那些沒有預兆、奇怪的事情隨時都在發生。

　　媽媽和爸爸每次看到這些神奇的事情，都會特別開心

地説：「幸虧有你們這些充滿想像力的小孩子，我們的生活才多姿多彩。」

我們每天既懷抱着極大的熱情，期待着明天的到來；又帶着無限的留戀，希望今天慢點過完。

那時多好啊，我可以寫出一篇篇截然不同的《有趣的一天》日記。

「不知道爸爸媽媽現在對每天的生活抱有什麼樣的心情呢？我的爸爸媽媽，現在還有自己的情感嗎？」想到這裏，我忽然覺得不寒而慄。那些有禮貌但僵硬的機械巡警、拿着搜索器的侍應生、路上面無表情的行人，都讓我感到害怕。

我覺得內心有一團火要燃燒起來，我想吶喊，又不敢喊出聲，這不是一個60歲老婆婆應有的舉動。

「現在最重要的是儘快找到爸爸媽媽。」我小聲嘀咕着，加快了腳步，飛快地向前走去，「不能想，不能思考，我必須趕緊回到我的家，有爸爸媽媽的家……」

一個似是
而非的家

　　站在久違了的房子前，我終於回到我的家。

　　花園裏還有我和爸爸一起種的滿天星，可惜它們現在已經枯萎了，只剩下乾巴巴的枝葉。我慢慢穿過院子，從窗戶向裏面望去。

　　家裏異常安靜，似乎沒有人在。我輕輕推了一下門把手，門自己開了條窄窄的縫，緩緩推開門，我便輕手輕腳走進去。

　　家裏看起來沒什麼變化，一切還是老樣子。但是牆上卻有很多淺色的印記，我認得那些印記，因為那裏曾經都是掛着相框的。只有掛了很多年相框的地方，才不會變色，所以當相框忽然被取去，那些曾經被相框遮擋住的牆壁就會暴露在空氣中，乾淨得有些格格不入。

　　「這裏掛過什麼照片呢？」我用手輕輕撫摸那些時光留下的痕跡，輕聲自問。

「媽媽和我，我和爸爸，我們一家⋯⋯」我一一回想並複述出來，我還記得他們，他們還記得我嗎？那些記憶的印記讓我很難受，一肚子的委屈和困惑在我身體裏肆意流淌。

來到我曾經的臥室，這裏已經被鎖上了。我只能轉到臥室外面，從窗戶望進去。

我的臥室也沒變，甚至連我沒寫完的作業簿還原封不動地攤在書桌上。那些被拿下來的相框都倒放在我的牀上，陽光射進屋子裏，形成一道道光柱，有灰塵在光柱中飛舞。此刻除了我，大概只有這些灰塵還有生命了吧。

「你好，請問你⋯⋯找誰？」我沉浸在自己的心事裏，完全忽略了周圍的環境。直到身後傳來一聲詢問，才驚醒了我。

我太熟悉這個聲音，那一瞬間我忽然不敢扭轉頭，我怕我忍不住眼淚會流出來。情緒波動太大的話，也許還會被機械巡警窺探到我的10歲智能晶片。

不過，要知道那個聲音就是我的爸爸呀！

我使勁睜大眼睛，咬緊牙齒才勉強忍住眼淚，低聲說：「我找614號先生。」

「老人家，您找錯了，這裏只有我190號和我的妻子191號。」爸爸有些機械地説道。

啊，討厭的數字，討厭的老人家。我差點忘記自己的身體裏還有這一塊60歲的智能晶片。是的，此刻我爸爸看到的不是我，不是他的兒子小湯，而是一個60歲走錯門的老婦人。

我心裏詛咒着這些該死的數字，但情緒反而開始平靜。我慢慢轉過身，和我日思夜想的爸爸面對面了。

天啊，這真是我的爸爸嗎？短短幾個月，他怎麼蒼老了這麼多？

他的兩鬢花白了，精神萎靡，甚至那曾經健壯的身體似乎都垮下去了。現在的爸爸看起來是一個沒精打采的中年男子，完全沒有了曾經意氣風發的樣子。而且，我敢保證他很久沒有講笑話，很久沒有開開心心地去偷偷

喝一杯玫瑰蜜酒了。

我好不容易壓制下去的眼淚又湧上來，因為蒼老的爸爸，因為生病的媽媽，因為那些該死的數字和我們一家人失去的歡樂時光。

對了，媽媽！怎麼只看到爸爸？

「啊，先生，我怎麼沒看到您的太太？」我像一個好奇的老人那樣語調平淡地打聽着。

「老人家，我太太生病了，住在醫院裏，我是回來給她拿東西的。」爸爸解釋道，「抱歉啊，我要趕時間了。」

爸爸説完，抱歉地點了點頭，推開門走進屋裏，邊進門邊無奈地嘮叨着：「唉，我又忘記鎖門嗎？不過，鎖不鎖門都無所謂了⋯⋯」

我趕忙蹣跚地走出院子，離開我們的家。我知道現在不是回家的時候，這裏已經不認得我了。

「去醫院看媽媽，知道她現在的情況我才能踏實。」此時我的心裏已經有了新的主意，這次偷渡回來的目的，已經不只是探望媽媽，而是變得更加偉大！

愛天使醫院現在被稱為醫院，還好我們住的附近只有

這一家醫院，我才不會走錯。

醫院裏的樣子沒什麼變化，只是沒有了從前因為打針吃藥而大聲哭喊的孩子，顯得有些冷清。

生病的大人們面無表情地在醫院裏穿梭，醫生和護士的白色袍子看起來似乎都散發出冷冰冰的金屬光澤。

「天啊，金屬質地的衣服？」我忍不住抖動了一下。那質地柔軟的棉質袍子、潔白乾淨的衞生口罩都去哪裏了？那是我生病時，可以給我溫暖和安慰的記憶啊！

我用力搖了搖頭，顧不得想那麼多，按照醫院的樓層指引標誌找到住院處。

住院處的大門口有一高一胖兩個保安，他們看起來兇巴巴的。

「沒關係，我不是小孩，我是60歲的老婆婆！」我安慰自己，想裝作常來常往的樣子，直接推開門就進去。可是就在我碰到門把手的那一刻，兩隻大手攔住了我。

「喂，老太太，住院處不是隨便進入的，你來看什麼人？」高保安硬繃繃地喝道。

「191號。」我爽快地回答。

「191號？每天不是只有190號來探望她嗎？從來沒

見別人來過。」胖保安提出了質疑。

「對，沒別人來過。」高保安附和道。

胖保安一臉警惕地看着我：「老太太，你是191號的什麼人？」

「我……我是她……」話到嘴邊我及時停住了嘴，生生把那個沒發出來的「兒」字給嚥回肚子裏。

這個國家已經沒有幾個小孩子了，他們陸陸續續被送到那個遙遠的星球——幼稚園。所以我必須時刻牢記，我現在是一個60歲的老太太，不是10歲的孩子。

「咳……我是她媽媽，她是我女兒啊！」説出這句話的時候，我覺得彆扭極了。

「191號的母親？怎麼從沒見你來看過她？」胖保安還是不停地追問。

我開始有些煩躁，只得不停地提醒自己：「不能生氣，不能着急，不能讓思緒波動得太厲害！」

病房裏的
191號太太

　　我假裝咳嗽了兩聲，慢條斯理地說道：「我身體不好，平時難得出門。今天覺得有些力氣了，出來看看女兒。」說完，我又重重地喘了口氣，表現出疲憊的樣子。

　　「就讓她進去吧，這麼大年紀的老太太，趕過來也很不容易的。」高保安的話此時聽起來簡直如同天籟一般。

　　「對，我還給女兒做了她最愛吃的點心。」我說着，舉起潘朵朵給我的小布袋，那蝴蝶結繩扣一晃一晃的。

　　胖保安又打量了我一眼，拿出掃描器在我的身上和布袋上掃了幾下，這才點頭說：「好吧，看在這些食物的分上。」

　　我高興地一邊感謝他們，一邊蹣跚地推開住院處的大門，走了進去。

　　難怪大帥說我會感謝他這個「驚喜」的設定，原來，關鍵時刻老婆婆的外貌和身分確實很好用！

住院處的走廊裏燈火通明——即使是白天這裏也開着燈。

醫院的每間病房都有窗戶，這是讓人覺得開心的設計。病人的確需要更多陽光，讓他們感受到時間流逝、季節變化和陽光的溫暖與溫柔。

我在護士站查閱病房圖，找到了媽媽的病房，然後按捺住飛奔過去的念頭，一步一步走過去。

終於到了病房門口，我卻不敢進去。我怕媽媽看到完全陌生的我，一個有着60歲老人外貌的我。也怕我忍不住會撲進媽媽的懷裏。想到這裏，我的腳步停在病房門口，透過門上的玻璃窗望進去。

媽媽就那樣毫無徵兆地出現在我的視線中，甚至都不用我再多費一絲心神。

是的，是媽媽！她躺在一張軟軟的搖椅上，身上灑着陽光。她長長的頭髮有些枯黃，眼圈黑黑的，整個人瘦了一大圈。這位被稱為191號的女士沒有什麼表情，就那樣呆坐着。

陽光對她而言似乎太熾熱了，她像一朵被太陽曬得脫水的花兒似的，沒精打采。

「我的媽媽，那個充滿活力、笑聲裏都帶着蜜糖的媽媽現在變成這個樣子？」我感到自己的心臟像被一隻大手緊緊卡住一樣，難過得幾乎喘不過氣來。

間諜機械人曾經告訴我，自從我們這些孩子被送走後，好多媽媽都病倒了。大人們臉上的笑容，好像一夜之間被偷走了一樣。往後，他們每天只有拼命地工作、再工作，來麻醉自己。

「要是知道媽媽病得這麼嚴重，我應該早些來的。」我暗自埋怨自己，卻也只能暗自悲傷。

我不敢走進去大聲地說：「媽媽，我回來了，你的兒子小湯回來了！」因為那樣的話，媽媽會被機械巡警追蹤到智能晶片裏的情感波動，對爸爸媽媽和我都非常危險。

而且，站在這裏的這個60歲「老婆婆」，如果說出這麼顛三倒四的「瘋話」，一定會被隔離審查的。那時我的身分一定會暴露，麻煩就大了。

「看到媽媽暫時平安我就放心了，我有更重要的事情要辦！」我想着，狠狠地拍了一下牆壁，準備轉身離去。這時候，病房門忽然打開，有人走了出來。

「您好，請問您是？」一位端着醫療器材和藥物盤子

的護士阿姨說。

「我……我是來，來探望親人的。」突然的變故讓我猝不及防，亂了陣腳。

「探望哪位？」護士阿姨熱心地繼續發問。

「哦，我已經探望過病人，沒事了。」我慌忙改口，笑了一下，然後假裝咳嗽起來。

護士倒也沒起疑心，端著盤子叮鈴噹啷地離開了。大概她覺得凡是經過高保安和胖保安掃描而進來的人，都是沒有任何問題的。

我再次深情地看了幾眼病房裏的媽媽，便匆匆離開醫院。

沒錯，一個計劃已經在我踏上孩子國的一瞬間慢慢成形了，這個新的計劃就是：我要與首領對抗，奪回我們的孩子國！這次偷渡回來，我不僅是為了探望媽媽，還要回到屬於我們原來的幸福生活中。

「我不要這樣灰溜溜地回到幼稚園去！」走在街道上的我咬咬牙，心中的這個念頭又偷偷地加深了一點。

要知道，沒有人可以忍受這種得不到愛，也無法擁抱爸爸和媽媽的生活。做一個沒有思想、沒有情緒、沒有感

覺的人，這樣跟機械人又有什麼區別？

「我一定能戰勝你的，用我們小孩子的方法！」我用力握緊了拳頭。

在一間小旅店臨時住下來後，我用密碼手環把自己的計劃傳送回幼稚園。

大帥知道我的新計劃後暴跳如雷！雖然我沒有親眼看見他，但反饋回來的信息裏已經寫得很清楚了。那些密碼被譯過來就是這幾個字：「笨蛋，你瘋了嗎？」

我忍不住笑了，又問潘朵朵的想法。她的回覆更簡單：「小湯，我們等你回來。」

「為了我們的孩子國，我不回去了，我要堅持執行自己的計劃！」我認真地寫道。

記得爸爸之前和我下棋的時候總愛說一句話：知己知彼，百戰不殆。所以，想要和新首領展開較量，第一步就是見到他。

想要見到首領其實並不難，在回來之前，我已經通過我的間諜機械人收集了一部分情報。說情報其實有點兒誇張，說資料更合適些。

自從我們這些小孩子被送走後，首領似乎一下子失去

所有假想敵，可以說他根本不把大人們放在眼裏。於是，他放鬆了警惕，甚至還表現出「親民」的一面！為了證明自己對民眾的信任與公平，所有成年人都可以通過提交申請，得到首領的接見。

原則上首領會按照申請提交的先後次序安排接見，但為了表示他對老年人的尊重，60歲以上的老年人申請會被無條件提前。也就是說，我這位60歲的老婆婆可以不用排隊，直接見到首領。

「那就會一會吧！在60歲的我面前，說不定你才是個小孩子！」我摸了摸自己的手腕，希望這塊智能晶片不會出問題，我已經做好了戰鬥的準備。

和首領的
第一次會面

　　首領的新府邸建在孩子國最高的白頭山上，來到首領府門口，我在門廊的接待處提交了申請。

　　接待處的工作人員雖然面無表情，但我能感覺到，他面對我還是很興奮的。他按照程序給我進行審核，確認身分，然後向首領的辦公室遞送申請。

　　回來的時候，他跟我説：「女士，你是我遇到的第一個來申請見首領的人。」

　　看來我想多了，原來即使我不是60歲，也可以立即見到首領，因為壓根兒沒有什麼人想要得到他的會見。

　　不過，還是很感謝大帥幫我製作的60歲智能晶片，因為老年人的記憶系統本來就比較脆弱和模糊，所以我偶爾的愣神和思考的波段，都會被理解成是老年人的健忘，這樣就減少了很多麻煩。

　　在碩大的接見室裏獨自等待了不到一分鐘，一個長着

碩大的腦袋和短粗身子的男士走了進來。

「1001號，很高興見到您。」這位男士説，「你來到這裏，是想對國家的建設提出什麼樣的好意見呢？」

直到此刻，我才知道我的智能晶片也被大帥編了個號碼——1001號。

「你不是首領。」我看着眼前的這個人説。那閃着屏幕光澤的眼睛告訴我，這只是個機械人而已。

那位男士微笑了一下，説：「外表不代表什麼，我的本質是首領就可以了。」

難怪大人們説，沒有人知道首領的真實面目，一定是他的外表在不斷變換。

於是，我開門見山地説道：「好吧，我來就是想問問你，為什麼我們的國家要變成現在這種乏味的樣子？從前那些充滿想像力的東西難道不美好麼？」

我的問題讓首領愣了一下，一定很久沒人提過想像力這回事了。

幾秒鐘後他才回答説：「胡思亂想有什麼好？它只會誤導人們，讓小孩子不知道什麼是真實的東西。」

「不，你説錯了，幻想永遠不會誤導任何人，只有那

些沒有幻想的人，才會這樣擔心！」我冷靜地駁斥道，不給他思考的機會，「還有，既然你說到小孩子，那我想知道，為什麼你要把小孩子驅逐出國？」

「幾個月前這個問題已經有無數個人問過我，我也回答過了！這樣做是為了讓他們學會獨立成長！」面前這個首領替身的臉上露出了一絲不滿，「1001號女士，以您的年紀，您早該不對這個問題抱有任何幻想才對啊？」

首領的話瞬間提醒了我，我一定要小心，一切才剛剛開始，我不可以露出任何破綻。艱巨的任務還在後面，太早暴露身分對我沒有任何好處。

「是的，你說得對，那麼請問你是幾號首領？我要清楚知道我現在和幾號首領說話！」我淡定地說。

「我……」首領一下子語塞，他那機械腦子裏的齒輪一定轉了好幾個彎才組織出想要說的話，「首領只有一個，不需要編號碼。」

我立刻倚老賣老起來：「我活了60年，我吃過的甜甜圈比你見過的都多！你說首領只有一個，那你為什麼不敢用真實的那個面貌示人呢？」

首領有些不耐煩，乾脆岔開了話題：「1001號女

士，我們還是來說說這次會面的具體內容吧。」

「好的，我要說的內容就是，我希望孩子們回來。」我點點頭，「首領大人，正如你說我一個年過花甲的老太太，對生活的確不抱任何幻想了。比如，我從來沒有幻想過我還能見到可愛的孫子和孫女們。他們還那麼小，我不知道我能不能等到他們回來，再次見他們一面。」

「你自然會見到他們，時間過得很快，不是嗎？小孩子一轉眼就長成大人了！」首領悠閒地在我面前踱着步，雲淡風輕地說着，「你不應該擔心他們。要知道，他們是被送到很棒的星球，去過很棒的日子。這是我為所有人做的最好安排。」

首領滔滔不絕，說他把大人們從繁重的家庭生活中解脫出來，讓大人們不用再過那種雞飛狗跳、失去自我的日子；說他為小孩子規劃了成長的軌跡，只有離開大人，他們才能夠更加獨立。

他用自以為是的理論來安慰我這個可憐、想念孫兒的「老太太」，完全不考慮我是怎麼想的。於是，我終於忍不住打斷了他。

「首領大人，話雖如此，但我還是想不明白，為什麼

要把這些可愛的孩子驅逐出我們的國家？我覺得照顧他們不是什麼難事，我們在一起才是完整的家。所以，他們明天能回來嗎？」我不依不饒地揪着這個話題不放，不過用了老婆婆的思路來表達。有那麼一瞬間，我似乎真的變成一個60歲的老婆婆。有些記憶從我的腦海中閃過，分不清是來自10歲還是60歲的智能晶片。

首領聲音冰冷、機械地說道：「我已經跟您解釋得很清楚，那些鬧哄哄的孩子必須長大成人後才能回來，更何況……」

「更何況什麼呢？他們什麼都做不到，只有無限的想像力而已。你難道害怕這些想像力嗎？」我打斷他的話，用我的觀點壓制他。

「我不明白您在說什麼。1001號女士，年歲讓您變得糊塗了。」首領重重地摔在椅子裏，靠在椅背上，攤開雙手做了一個無奈的動作，「好了，1001號女士，我覺得您現在需要的是休息，今天我們的見面還算愉快和圓滿，歡迎您有新的、有建設性的意見時，再來見我。」

首領說完，自顧自地離開了會見室。

身後的大門開了，有工作人員來引領我離開這裏，我

只得跟着他慢慢往外走。

　　其實，這次會面不算很成功，在我們模糊的對話中，我沒辦法整理出頭緒。我覺得首領的話似乎透露出一點點很重要的信息，但是我掌握不到。

　　一路上我都在回想這次見面的對話，每個字都不放過，可是越想越茫然，直到我幾乎想不起任何一個字。等我回過神來的時候，我已經來到山腳下了。

　　不過，我感覺到首領不是很喜歡我這個老太太，我的到來和對話顯然戳到了他不願意面對的事情。但是，我不會就此罷休的。

　　我回頭望着高聳入雲的首領府邸，在心裏默念：「你等着，60歲的小湯還會再來的。」

首領的
小秘密

　　不到半年時間，這位神秘的新首領把只屬於孩子國的特色建築物，變成了統一的造型和顏色，所有事物都變得程式化。不僅如此，他還天天這樣宣揚自己的理論：「居民們，請相信我，這樣更有利於我們國家更有秩序地發展！」

　　因為這些死板的規定，因為沒有了獨特的東西，孩子國再也沒有任何生機了。

　　大人們每天麻木地工作、生活，智能晶片裏的想像力日益減少，減少到他們都幾乎忘記曾經還有一種叫做「腦筋轉轉轉」的遊戲。

　　「小湯，今天你轉轉腦子能想出什麼？」記得媽媽之前總是這樣微笑地望着我說。

　　我轉轉腦子，指着桌子上擺着的一家三口全家福照片說：「照片中的我們都張開大嘴，發出哈哈哈的笑聲。」

「真不錯，還有呢？」媽媽有些激動地拍起手來。

我轉轉腦子，說：「『噗』的一聲，地板上長出一棵甜甜圈樹，剛結出的甜甜圈都在嘩嘩嘩地閃着油光。」

這次，連爸爸都鼓起掌來，他還假裝順手摘下一個甜甜圈，做出大口吃起來的樣子，邊吃邊說：「嗯嗯，椰蓉甜甜圈，椰蓉沾滿了我的鬍鬚。」

於是我們就這樣哈哈大笑起來。

這才是我們的孩子國，一個充滿想像力的國家。

那時，人們每天都喜歡抽出一點空餘時間想像一下，於是整個國家就充滿了各種稀奇古怪的建築物、飛行器，以及各種小發明。每一條街道、每一隻小鳥、每一個蘋果，甚至每天的太陽，都被賦予不同的名字。這樣的國家有趣極了，什麼都會讓人感到新鮮。

「媽媽，玩『腦筋轉轉轉』有什麼用呢？」有一次我這樣問媽媽。

媽媽推開我們家的窗子說：「小湯你看看外面，有了想像，你所看到的一切才會變得五顏六色……如果沒有想像，會怎麼樣呢？」

可惜當首領下達驅逐令後，我們的想像被終止了，因

為，只要哪個孩子的想像波段太頻繁，就會在某一天無端地消失。後來，我們知道那些提前消失的孩子只是被軟禁起來，最後也被統一送到那個遙遠的星球——幼稚園。

媽媽的聲音似乎還迴蕩在我的耳邊，但眼前的彩色街道已漸漸褪去了顏色。

我從這個難過的夢中醒來，窗戶中投射進來的是街道上黃色的燈光。天已經黑了。

從首領府邸回到暫住的地方後，我便在一陣彷徨中睡着了。

睡醒後的我精神抖擻，開始細心思索第一次與首領的會面。

「繁重的家庭生活、雞飛狗跳、失去自我……」這些詞句在我的腦海裏旋轉着，越來越快，簡直要把我的腦袋轉暈了。

「就是這兩句話，究竟是哪裏不太對勁呢？」我自言自語。

在我認識的朋友裏，還沒有誰

的父母覺得陪伴孩子是一種負擔、一種勞累。用媽媽的話說就是：「我們大人們很喜歡並享受和你們小孩子在一起的時光。」

沒錯，我的媽媽很多時候都會推掉沒趣的應酬，偷偷溜回家和我在一起。哪怕只是一起玩幼稚的遊戲、說一些無聊的傻話，也會開心得放聲大笑。

我親愛的爸爸連出去偷偷喝一杯玫瑰蜜酒的時候，都喜歡帶着我一起，他說我就是他的影子，是縮小的他自己，怎麼會有人覺得自己是麻煩或累贅呢？

當然，大帥的爸爸媽媽、潘朵朵的爸爸媽媽都是這樣，我們從沒有聽說過誰的爸爸媽媽抱怨，和孩子相處是「繁重的生活」，會「雞飛狗跳到失去自我」。

「快幫我分析一下，為什麼首領會說這些話？」我把我的疑問通過密碼手環傳送給大帥。

他的第一句回覆是：「看過生病的媽媽後趕快回來吧！」

不過第二句回覆被譯過來，馬上就變成這樣：「覺得這種親密的家庭關係是一種累贅的，那無非有兩種可能，一是不被爸爸媽媽疼愛的小孩，二是厭惡孩子的大人！」

大帥説得沒錯，可是誰都不知道首領的真實身分是哪一種。

　　他到底害怕小孩子什麼？又在逃避什麼？

　　看來，想要打敗這個可怕的首領，需要更多想法和可以商量的朋友。但在這個大家都被編了號碼的國家裏，我去哪裏找朋友和我並肩作戰呢？要知道，現在就連我的爸爸媽媽都認不出我來啊！

　　想到這裏，我格外思念大帥和潘朵朵。不知道他們現在做些什麼，不過我想，在幼稚園總是比這裏要有意思一些。

　　潘朵朵忽然發來密碼説：「小湯，你還好嗎？」

　　我用大帥給我的手環發出一串密碼：「是的，我很好，一切順利，除了很想念你們。」

作戰指揮
中心的會議

此時，幼稚園裏有一件我不知道的事情正在密鑼緊鼓地進行。

大帥坐在他不久前想像出來的「作戰指揮中心」——一個被他稱為「大帥府」的地方，目不轉睛地盯着顯示屏。

「大帥，到底怎麼樣了？有什麼進展嗎？我怎麼看不懂啊？」潘朵朵趴在大帥的椅背上，使勁伸着脖子看她其實完全不懂的內容。

「如果你再像隻貓似的來搗亂，我的進展就會像你的頭髮生長的速度一樣緩慢。」大帥不滿地轉動他的椅背。

「我的頭髮生長才不慢呢，我隨時可以把它們想像成齊腰長髮，或者像拖把一樣拖到地上走來走去。」潘朵朵撇撇嘴，跑到一邊，「看來，我只能乖乖地等着聽你接下來的安排了，就像等待我媽媽烤製蜂蜜蛋撻一樣。」

「對，想要打勝仗，就要有耐心！」大帥認真盯着顯示屏，腦袋隨着顯示屏上的變化搖來晃去，高高低低、忽左忽右，似乎是跟數據交談。至於他和數據到底談了什麼，就只有他自己才知道了。

「好極了，不愧是小湯！他的思緒波段提供了很多內容。」大帥忽然爆發出一聲由衷的讚歎。

「什麼，有新的消息了！小湯怎麼了？」潘朵朵想從雲朵沙發上跳起來，不過雲朵沙發實在太柔軟了，潘朵朵不僅未能成功跳起，還差點滾下來。

那時我還不知道，我用大帥製作的60歲智能晶片成功地躲過機械巡警的盤查和機械警犬的刁難，順利回到國家，成功地找到爸爸，看到媽媽，這一連串事情都在大帥的觀測和掌控中。

直到不久前，大帥興奮地告訴潘朵朵「小湯還去跟首領見面」後，潘朵朵震驚得連嘴都合不上。

「難道這傢伙不只是回去探望爸爸媽媽，然後再不知不覺地返回幼稚園嗎？」潘朵朵

大驚小怪地說着，「他給自己制訂了新的計劃？」

大帥肯定地點了點頭，把我發過去的密碼翻譯後，逐一唸給潘朵朵聽。

「那也太危險了，我們不能就坐在這裏看熱鬧！」潘朵朵有點着急。

「你有什麼想法？」大帥看着潘朵朵問。

「去找小湯，他在幹一件很危險的事情，他一定需要幫助，需要我們。」潘朵朵鄭重其事地說。

「握握手吧，我也是這樣想的。」大帥和潘朵朵握了握手，「我們各自準備一下，明早5點準時出發！回孩子國！」

「4點50分我就會來到你家，請你一定要起牀，我不想看到呼呼大睡的大帥哦！」潘朵朵說完，就消失在自己的友情門後面。

送走了潘朵朵，大帥的作戰指揮中心裏除了他自己，再沒有別人。

作為一個精力旺盛的10歲男孩，即將面臨的挑戰遠遠比睡眠對他更有吸引力。

大帥瀟灑地打開操作台上面的暗槽，按下一個形狀

怪異的按鈕，他的牀便自動升到屋頂。牀下的地板緩緩打開，一件精緻又不失科技感的物品升了上來。

大帥欣賞着眼前的物品，得意地説：「我秘密製造的宇宙飛行車，測試了這麼久，終於可以派上用場了。」

第二天凌晨，天空剛被粉紅色的雲團和霞光照亮，潘朵朵就準時趕到大帥府和大帥碰頭。

「哇！」看着眼前的宇宙飛行車，潘朵朵發出近乎浮誇的讚歎聲。

大帥滿意又得意，還有一點點害羞。他不知道自己的宇宙飛行車會讓最喜歡幻想的潘朵朵如此震驚，要知道，潘朵朵平時總是抨擊他的想像過於死板。

「早知道應該早點拿出來給你看，省得你老説我只會做鬼都看不懂的數據。」大帥打開宇宙飛行車的門，紳士般邀請潘朵朵上車，「來吧，坐進來更酷。」

「好啊，我好激動啊！」潘朵朵愛不釋手地撫摸着車身，它柔和的色澤和順滑的觸感實在太美妙了。何況，這架車的造型還是他們都喜愛的雲朵。

「沒錯，我們小孩子就該騰雲駕霧回到孩子國！」大帥説着和潘朵朵很有默契地擊了一下掌。

　　雖然沒有完美無瑕的準備和計劃，但大帥和潘朵朵相信只要他們回去，三個人在一起就會比一個人更強大。

　　大帥和潘朵朵坐進車裏繫好安全帶，發動了引擎，向孩子國出發！

　　飛行車的速度很快，特別快。

　　潘朵朵感覺有很多東西從他們身邊滑過，她甚至來不及辨別它們到底是什麼。

　　飛行車似乎飛行了很長時間，又似乎剛剛出發沒多久，雷達顯示他們已經非常接近孩子國了。

平平淡淡的
無聊早晨

「朵朵，請打開面前的顯示器，查查孩子國的天氣。」表情輕鬆的大帥隨口說道。看得出，他對自己設計的飛行車信心十足。這個偽裝成雲朵的飛行車正在順利靠近孩子國。

潘朵朵點點頭，查看後匯報說：「大雨！」

「好，那我們就給天空添一朵烏雲吧。」說着，大帥按了一個按鈕，潘朵朵透過窗戶發現飛行車的車身變成了灰色，就像一朵大烏雲一樣。

「我就知道我們的車會變色，就像我會變色的鞋子一樣。」潘朵朵對這個新功能充滿喜愛之情。

這個表揚令大帥很高興，他得意地進行着陸操作。速度越來越慢，高度越來越低，終於，飛行車穩穩地着陸了。考慮到進入孩子國的路徑，大帥把降落地點選在海濱樂園。

「天啊，這是我們最喜歡的海濱樂園嗎？」潘朵朵難過地看着這個破敗不堪的海灘。

扁了的充氣水滑梯，軟塌塌地倒在岸邊；風吹日曬的太陽傘不是破洞，就是歪七扭八地躺在沙子上；垃圾遍地，連海浪都變得懶洋洋，聽不出一絲歡樂的聲音。

這個往日的樂園，自從所有小孩子都被送到幼稚園後，就這樣荒廢了。

大帥沒時間感慨，他做事一向嚴謹，認真地說道：「我們先再確認一下出發前植入的老人智能晶片是否正常吧。」

大帥用儀器分別掃描了兩人的手腕，儀器發出悅耳的聲音，表示一切運作正常。

「好，現在開始，我是1002號老爺爺，你是1003號老婆婆。不要搞錯哦，1003號，驚喜即將出現！」大帥調皮地眨了眨眼睛，然後潘朵朵就看到大帥的容貌發生了細微的變化，變得蒼老起來。

「天啊，怎麼會有皺紋？」潘朵朵震驚地叫道，「我記得小湯植入的時候沒有變化啊？」

「因為那時候他還沒有回到孩子國。」大帥見怪不怪

地說，「我研製出的智能晶片在幼稚園沒有用，只有回到孩子國，容貌才會隨着晶片裏的年齡發生變化。你總不會以為，小湯用一張10歲的臉，就可以騙過所有機械巡警吧？」

「你怎麼不早說？可是我⋯⋯我不要長皺紋！」潘朵朵說着捂住了自己的臉。可惜已經來不及了，潘朵朵在飛行車的一面反光鏡中，已經看到自己那張寫滿歲月滄桑的面孔。

「暫時的，臉上的皺紋不會擠掉你的鼻子的！」大帥忍着笑，發誓說，「把這塊智能晶片取出來後，你的皮膚立刻就恢復啦，我向你保證！」

潘朵朵用了足足五分鐘時間，才接受這個突如其來的「驚喜」！

恢復了鎮靜的潘朵朵和大帥一起走下飛行車，飛行車瞬間縮小，被大帥放進口袋裏。

重新踏上孩子國的沙灘，他們無限感慨。

雖然是偷渡回來的小孩子，但只要偽造的老年人智能晶片運作正常，他們就可以大大方方地走進孩子國。在這個一切只辨認智能晶片數據的國家，這大概是唯一的便利

和好處了。

　　不久，城市的大街上就多了一對慢悠悠走着的老人。機械警犬和機械巡警都對他們的身分沒有懷疑，這對老人就這樣互相陪伴着走遠了。

　　小旅店裏，新一天的陽光撫摸着我的臉時，我迷迷糊糊地醒過來。

　　昨天夜裏，我在想念大帥和潘朵朵的時候不知不覺地睡着了。大概是因為最近動太多腦筋，昨天睡着後我連夢都沒做。

　　「唉，我還以為可以在夢裏見到大帥和潘朵朵呢。」我歎了口氣，「我真是太想告訴他們，我這兩天全部的經歷和遭遇。」

　　要知道，這幾個月的幼稚園生活，我們形影不離，他們對我來說已經成為了像爸爸媽媽一樣重要的家人。

　　「不知道潘朵朵今天用『腦筋轉轉轉』想像出什麼有趣的東西。」我晃了晃腦袋，提起精神洗洗臉，「大帥是不是又把潘朵朵想像出來的東西，製作成富有科技元素的玩意了？」

　　我鎖上房門，慢慢走到樓下的餐廳吃早餐。兩天過

去，我似乎已經習慣像老人一樣走路。

沒有小孩子，現在大人們不再把時間用在餐廳裏，他們把全部精力都用來工作、工作再工作，這樣才能不去想念自己的孩子。所以此時，餐廳裏並沒有什麼人。那些豐富、顏色鮮豔的早餐，也只能停留在半年前的記憶了。

這裏的早餐只有全熟的煎蛋，根本無法讓人體會用筷子尖輕輕戳破蛋白，誘人的蛋黃傾瀉出來的美味和快樂。我猜大概是因為蕩漾的蛋白和流動的蛋液，也會讓人思潮波動，所以才不被允許吧。

吃着乾巴巴的煎蛋，喝着不涼不熱、跟這個國家一樣乏味的牛奶，我一下就理解以前學校裏學過的「味同嚼蠟」這個詞語。

當我即將結束這沒有滋味的早餐時，我看到一對老人慢慢走到我的桌邊。那麼多空位子他們都不去坐，偏偏來到我的桌子前，真奇怪。

「我們可以坐在這裏嗎？」老婆婆開口問。

「當然可以，您請坐。」我連忙站起身，禮貌地回答道。

「哎呀，終於看見一個人，不容易啊，這裏的餐廳真

是冷清啊。」老婆婆一邊坐下一邊抱怨。

「可不，連食物都是冷冷冰冰的。」老爺爺看了看我剩下一半食物的盤子，挑了挑眉毛，「從營養學的角度說，這樣的食物根本不適合人類食用。」

他說這話的一瞬間，我更想大帥了，因為大帥就時常冒出這樣的話。

一想到這裏，我的情緒有點兒小波動。為了不給自己惹麻煩，我趕忙吃掉最後一口煎蛋，喝完最後一口牛奶，起身跟他們告辭。

回到房間後，我坐在牀邊望着外面的天發呆，我想不到今天應該做些什麼。要想奪回屬於我們的孩子國，下一步該怎樣做呢？

心裏有千頭萬緒，到頭來卻抓不到一點兒線索。

這時，外面傳來「咚、咚、咚」的敲門聲。

我的後備軍
到了

「誰？」我警覺起來。在這個連爸爸媽媽都不認得我的國家，怎麼會有人來敲我的門？

要知道，這是個連客房服務都沒有的旅店，我當初就是看中這一點才選擇住進來。

「咚、咚、咚」的敲門聲並沒有停止。

我只得起身去開門，同時做好了一些準備。

記得爸爸以前說過，總要做好最壞的打算。我現在最壞的打算就是門外站的是機械巡警，它們發現了我的真實身分，準備抓捕我。

不過，這敲門聲未免也太禮貌了，而且我從首領那裏回來後，過了平安無事的一整夜，如果我真的暴露了身分，它們肯定早就來抓捕我了。

這麼想着，我的膽子就大起來。

我來到門邊，輕輕打開了門鎖，把門拉開一條縫隙。

從縫隙裏我看到熟悉的衣服圖案，原來是剛才在餐廳見到的那對老人。

我把門徹底打開，他們滿臉笑容地看着我。

「你們⋯⋯」我一時不知道該問些什麼。

「我們看到你一個人在這裏，想着我們年紀差不多，也許可以搭個伴兒，說不定，我還能請你吃個雪糕呢！」老婆婆笑咪咪地說道。

「我們能進去坐嗎？咳咳，上了年紀，站着還真是個苦差事啊。」老爺爺一邊說一邊用手揉揉腰，捶捶背。

他們這麼一講，我趕緊側過身子讓他們走進屋裏。說實話，雖然我現在擁有60歲老人的記憶和身分，但我完全沒有60歲老人的身體狀態，他們的疲憊感我實在無法感同身受。

老爺爺和老婆婆進來後，毫不客氣地霸佔了我房間裏的兩張沙發，臉上露出奇怪的笑容。

「1001號，好幾天不見了！」老爺爺眼裏閃過一絲光。

好幾天不見？我雖然驚訝，但是強忍着沒有講話。我不知道他們是誰，所以不能輕易答話。

「你老糊塗了吧，真的不認識我們了？」那位老婆婆更是跳了起來，笑得像個孩子。

「這⋯⋯」看着這熟悉的笑容，聽着熟悉的語氣，我難以置信地瞪大了眼睛。

「難道是你們？你們來了？」我太意外了。這才是驚喜，比當初我知道自己是一位60歲的老婆婆時驚訝多了，「你們怎麼來了？」

大帥變成的老頭用手中的拐杖敲了我的頭一下：「都怪你的智能晶片干擾了我們，害得我們坐不住了。」

「你們怎麼也老成這樣子了？」我感慨萬分地又説道。

「你不也是，不許盯着我的臉看。」老婆婆捂住了臉，從手指縫裏説，「1001號你看，1002號和我1003號，我們都老成這樣，這是跨年齡的相聚！」

「嗯，不過我們還是在一起，你們還是找到了我。」此時此刻，我感覺自己是世界上最幸福的人。即使這份友情曾經隔着星球，也無法阻擋我們在彼此心裏的重要地位。

我緊緊地擁抱他們，彷彿真的過了50年一樣。我忽

然體會到時間的無情和真情的可貴。此時此刻，一切語言都比不上一個深情的擁抱。

有了潘朵朵和大帥這兩個後備軍的加盟，我要奪回孩子國的信念就更加堅定了。雖然我們只是三個小孩子，但我要讓首領看看，小孩子的力量有多強大。

接下來，我們三個秘密商討了一下，下一步該怎麼走。

就如大帥那天用密碼説的那樣，想要攻破首領的統治，先要知道他的身分。

「可是他好像根本沒有固定的身分。」我肯定地説，「我上次和他的距離只有一米，發現那只是一個機械人替身。」

「這就是他的狡猾之處。」大帥摸着下巴，把手伸進口袋裏，拿出一枚鈕扣似的東西説，「但是，我大帥比他更高明。」

在今天這個沒有名字的國家裏，所有人的資料都以智能晶片為準。每個人的年齡、身分、工作和所思所想，都被記錄到智能晶片裏，以便首領統

一管理。

「既然是這樣，那我們也可以反過來用這種方法了解首領的身分啊！」大帥認真地說着。

潘朵朵有點摸不着頭腦：「你是說入侵首領的智能晶片？」

「我已經試過了，首領體內根本沒有智能晶片。」大帥搖了搖頭。

想想也是，首領不會愚蠢到給自己安裝一塊智能晶片，供別人偷窺的。他之所以要監察每一個人，就是為了更好地隱藏自己的身分。

「嗨嗨，你們兩個老太太，沒看到我已經舉了半天手嗎？」眼前這位老爺爺不滿地摸着自己的白鬍子，又晃了晃手裏閃亮的「鈕扣」，「這是一塊空白智能晶片，可以快速收集當事人的信息！」

我和潘朵朵立刻恍然大悟地張大了嘴巴。

「你是說，我只要把它安裝到首領的體內就可以了？」我說。

「這簡直比想像出一座會飛的火山還難！」潘朵朵跟着叫起來，「我保證他不會張開嘴巴，讓你把智能晶片扔

進他的肚子裏。」

　　「説不定呢，有時候機會也會突然出現。」大帥把那塊智能晶片放進我的手心，「隨機應變，1001號。」

　　好吧，隨機應變！用大人的話説，就是幸運總是喜歡圍繞在小孩子身邊。

首領的
智能晶片

　　我們三個「老人」就進一步的計劃達成共識後，我第二次與首領會面的行動開始了。

　　我也沒想到，這麼快我就再次站在首領府邸的接見室裏，一切都和上次一模一樣。唯一不同的是，這次首領不是上次的樣子。

　　一陣風帶着一股生猛的氣息襲擊我的鼻子，那是一種昆蟲的氣味，有點像臭蟲或者瓢蟲，被我們按住後發出刺激而又不悦的氣味。這種氣味我很熟悉，要知道捉蟲子是我們男孩子最常玩的遊戲之一。

　　緊跟着這股氣味而來的，是一隻細長多毛的腿！

　　「難道是……」我心裏嘀咕了一下。

　　接着又出來一條腿，再出來一條腿……直到那些腿托着一個龐大笨重的身軀移到接見室中央，我才不得不相信，出現的果然是隻醜陋龐大的蜘蛛，這就是首領這次出

現的模樣。

這隻蜘蛛實在太大了，大到我在牠面前幾乎變成了一粒麵包屑。

首領是想用醜陋和龐大的外貌讓我感到恐懼和壓迫嗎？説實話，他差點兒就成功了。

雖然我很喜歡捉蟲子，但卻一直害怕蜘蛛。

以前媽媽總是告訴我，蜘蛛是很友好的動物，牠們勤勞地織網，捕捉那些不友好的蚊子和蒼蠅。但我也知道有很多蜘蛛是有毒的，牠們的毒液很可怕，所以每次我看到蜘蛛都會本能地緊張。

「這個首領真是狡猾，他怎麼知道我害怕蜘蛛？難道我的兩塊智能晶片思路混淆了？」我心裏嘀咕。

我不得不一直鼓勵自己，它不過是一隻機械蜘蛛罷了，只是首領眾多替身中的一個！這不是真的！都是假象，我不需要害怕一個假象。我這次來的目的就是激怒他！沒錯，讓他勃然大怒！

這樣在心裏默念了一百遍後，我就不再害怕面前這龐然大物了。

「1001號，你這次來又是想對國家建設提出什麼好

的意見嗎？」大蜘蛛似乎用肚子跟我講話，聲音悶悶的，帶着回聲。

「這次我想告訴首領我覺得我們國家現在缺少熱情和活力。」我按照我們三個研究的方案一板一眼地回答。

「熱情和活力？那些都是沒有用的東西。」大蜘蛛從肚臍裏擠出一聲冷笑，讓我渾身一顫。

「那請問首領，什麼才是有用呢？像機器一樣唯命是從？不思考？不創造？不聞不問？漠不關心？」我進一步問首領。

「雖然這些詞語不太好聽，但你總結得很對，1001號女士。」大蜘蛛首領揮舞着自己的八條腿說，「這就是國家保持良好發展的動力。把多餘的心思都收起來，安心按照規定的方式生活和工作，一切都不講感情，只講規則，這個國家才能順暢運作。所以，一切都只要聽我的安排就可以了。」

看來這位首領對自己的安排感到萬分滿意。

「那麼如果有一天，首領你不能再掌控這個國家，這國家該怎樣運作啊？」我步步緊逼。

「胡說！不會有那樣的一天！」首領忽然暴怒，用細

小的腿支撐起笨拙龐大的身軀，向我壓過來。

「你也會老掉牙，說不定疾病會用一秒鐘奪去你的性命。就算你是首領，也難逃厄運。」我繼續說着不中聽的話，「那麼你掌控的一切，就會像排出體外的臭屁，『噗』一下子消散在風中了！」

這下子，這隻大蜘蛛真的生氣了：「不，我有的是時間來控制這裏！」大蜘蛛怒吼着，用兩條細細的腿支撐着站了起來，肚皮正好朝向我。

機會來了！我手裏緊緊地握着那塊智能晶片。

我沒有像潘朵朵說的那樣，把智能晶片扔進它的嘴裏，而是用力朝它的視野盲區——肚子上的肚臍扔過去！

我知道準確地說那不叫肚臍。但是在我們小孩子眼中，那就是一個可以鑲嵌東西的肚臍。

說實話，我也不知道首領今天會用什麼樣子出現在我面前，我只能見機行事。沒想到我真的這麼幸運。

「噗」的一聲，智能晶片準確地丟進它的肚臍中。首領敏感地察覺到異樣，但它沒法用細小的腿把肚臍裏的「異物」弄出去，因為它一旦抬起一隻腳去摳肚臍，就會站立不穩。

「我猜，你今天一定非常後悔自己用這副怪模樣來會見我吧。」我幸災樂禍地説道。

首領憤怒地在房間裏橫衝直撞，它暴躁地快速移動着龐大且笨重的蜘蛛身體，想靠這種方法把我扔進它肚臍裏的東西抖下去。

但大帥研製的智能晶片怎可能這麼輕易脱落呢？那塊智能晶片會自動伸縮，就像彈簧一樣根據實際的空間改變形狀和大小，把自己緊緊卡住。

我看到智能晶片不斷閃爍着藍色的光芒，它是在讀取首領的記憶數據。

光不再閃爍，大帥説過這代表讀取儲存完成。現在我必須想辦法取出智能晶片，不然一切努力都沒有意義。

此刻，首領已經憤怒到極點！要知道，被人弄髒了肚臍，大概比被人絆了一跤還令人懊惱吧。它沒有心情思考什麼，只是憤怒地用大肚子向我撞擊。我雖然有着60歲的智能晶片，但身體還是和10歲男孩一樣靈敏。

我看它直線移動得非常迅速，覺得這樣奔跑除了會累垮我自己外，佔不到任何便宜。

「對了，爸爸帶我去動物園的時候，我看過蛇的

『之』字形爬行軌跡，何不試試看？」想到這裏，我開始變換腳步。

　　「1001號，你不要徒勞無功地跑動了。」大蜘蛛厲聲説道。

　　「哦？要試試看嗎？我曾經參加過老年運動會哦。」我故意逗弄着它，自然不會乖乖投降。

　　看着蜘蛛模樣的首領快要追上我的時候，我忽然變換方向，向斜前方跑去，它差點撞到牆上，笨拙地開始變換方向，接着我又跑出一個「之」字形。

　　大蜘蛛艱難地控制着龐大笨重的身軀，如此折騰幾個來回之後，漸漸放慢了速度。

　　我覺得時機差不多了，便一動也不動地停在牆角的一個三角區域。

與首領的
第三次會面

　　見我停了下來，首領自然也不會放過這個機會，那龐大的身軀漸漸向我壓下來。

　　我緊張地觀察着首領的舉動，就在那個大肚子快要壓到我的一瞬間，我猛地向上一躍，伸手拿出了智能晶片！而它的大肚子，正好卡在三角區域裏。

　　首領吃了一驚，腳步不穩，仰面向後倒在地上，狼狽不堪。估計這半年裏，首領從來沒有遇過這樣的窘迫時刻。要知道，大人們和他對抗的時候，從來不會玩這種小把戲。

　　「下次見了，首領！」我緊緊握住智能晶片，快步跑出接見室。首領的第X號替身根本無法掙扎出來，只能憤怒地吼叫着。

　　我的大腦一片空白，不能多想，不敢停留，不管不顧地向山下衝去。我此刻只知道奔跑，不停地奔跑，只想立

刻跑回大帥和潘朵朵身邊⋯⋯

酒店裏，大帥和潘朵朵一臉焦急地看着氣喘吁吁的我，你一句我一句地問道：

「怎麼樣？」

「拿回來了嗎？」

我攤開手掌，那塊小小的智能晶片銀光閃閃。

大帥激動地拿過智能晶片，小心翼翼地放進他的微型分析器中。我和潘朵朵則圍在他的旁邊，滿心期待地等待着分析結果。

本以為要等很久，卻不料沒幾分鐘，分析器就響起悅耳的提示音，數據讀取成功並分析結束。

「你確定你拿出智能晶片的時候，它已經不再閃爍了？」看着顯示結果，大帥擔心地問。

「我確定，我親眼看着它從閃爍到再也不閃為止。」我言之鑿鑿。

「那就太不可思議了。按照我的推測，首領的智能晶片怎麼也得是個中年人的容量，可是現在讀取出來的數據顯示，首領只有八年的記憶。」大帥說着，困惑地抓了抓頭。

「那就是8歲？那不是比我們還小的小孩？」潘朵朵驚訝地差點喊出來。

「嗯，如果小湯沒有操作失誤，那麼就是真的。不過這沒道理啊。一個冷酷、死板、孤僻、討厭美好事物的人，怎可能是小孩？」大帥像是在自言自語，又像是在跟我們商量，「再説，我們國家的小孩子，你、我、我們的朋友、朋友的朋友，有誰不喜歡玩『腦筋轉轉轉』呢？」

這確實是件奇怪的事情。

沒錯，在我們過去的孩子國裏，「腦筋轉轉轉」是每個小孩子都愛玩的遊戲，也是家長們鼓勵我們玩的遊戲。如果首領真的只有8歲，那麼他不可能不喜歡美好的想像！

「現在只有一種可能！」潘朵朵忽然萌發一個想法，「這個小首領不是不喜歡想像力，而是羨慕嫉妒我們的想像力，所以才把我

們趕走！」

「真是大膽的想像！」我不得不佩服，潘朵朵的跳躍思維確實比我強。

本來大帥是想趁我見首領的時候，得到首領的記憶數據，從而知道他更多的背景，可是現在這塊智能晶片的信息少得可憐，似乎也幫不上什麼忙。

「會不會你收集到的都是假數據啊？」大帥有些擔心地說。

我搖搖頭：「應該不會，首領並不知道我這次想偷取他的記憶數據，那就不會事先有所防備而製作出假的信息。所以……說不定首領就真的只有8歲。」

那麼多大人都對抗不到的首領，只是個8歲的小孩子？這太令人難以接受了。

「女生的直覺告訴我，他就是個小孩子，因為他能變換出那麼多身分，說明他很有想像力！」潘朵朵肯定地說道，「不信，你們可以提取關鍵詞分析一下智能晶片裏的數據。」

潘朵朵的話讓大帥有了新的思路，只見他的手指在鍵盤上飛舞，靈活地敲擊着鍵盤輸入一些奇怪的數據和符

號。

「分析結果出來了，快來看。」半個小時後，大帥招呼我們過去。

「自由、孤獨、嫉妒、憤怒……這是什麼？」唸着屏幕上的幾個詞語，我的腦中又響起了首領對我說的話：「繁重的家庭生活，雞飛狗跳、失去自我的日子……」

「對了，就是這樣，當時我就覺得這句話有問題，但一直沒有想明白問題到底出在哪裏，現在結合我們掌握首領的信息和記憶數據，我覺得一切謎題都可以解開了！如果我沒猜錯，真相應該是這樣的……」我興奮地把自己猜測的內容輕聲說給大帥和潘朵朵聽。

那一刻，他們也覺得這應該就是真相，或者說我們已經非常接近首領的真相了。

這個神秘的人物內心深處的秘密，呼之欲出。

於是我們決定三見首領。

第三次站在首領的接見室，我的心情已經和前兩次完全不同了。這次，我是抱着必勝的決心而來。我知道今天就是最後的談判，也是最終的較量。

「不知道今天首領會以什麼樣的面目見我呢？」正當

我站在接見室中央獨自思考時，一陣冷風從接見室的一角吹來，沒有防備的我不禁打了個冷顫。

「真奇怪，怎麼會有一股如寒冬臘月般的冷風吹進屋子裏來呢？」我剛説完這句話，就覺得風越來越大，如果我要是再瘦一點兒的話，説不定就被吹出窗子了。

「1001號女士，你好大膽子，沒想到你居然還敢再來！」寒風呼嘯着。

「首領，是你嗎？今天你打算以這副模樣會見我？」我瞬間明白了，今天首領的樣子是寒風。

請接受我們的挑戰

「我是什麼樣子並不重要，我好奇的是你怎麼還敢出現在這裏？你今天又要説些什麼愚蠢的建議？」我感覺到這股寒風在圍繞着我轉圈圈。

「原來首領不過如此，是因為上次我們有個不愉快的會面，所以你連個真實的形象都不敢讓我看到嗎？」我故意説話帶刺，讓他生氣。

「你以為我還會上你的當嗎？我不會生氣的。快來説説，你今天到底想説什麼？」首領雖然嘴裏説着自己不生氣，但那寒風旋轉的速度明顯加快了很多。

「首領，我今天的目的很簡單，就是來看一個哭哭啼啼的可憐孩子。」我想起大帥和潘朵朵的叮囑，故作鎮定地説道。因為只有先讓他失去理智，他才有可能説出真話。

「可憐孩子？」狂風肆虐，帶着尖厲的哨音，「我聽

不懂你在説什麼。」

　　很好，他生氣了，我猜我只要再稍微加一點兒力度，他就會瘋狂了。

　　「是呀，只會坐在角落哭泣的孩子，你是被父母遺忘了嗎？你自己覺得不幸福，就要讓所有孩子都變得不幸福，這就是你的目的吧？」我笑起來，雖然這笑聲在狂風呼嘯中完全聽不到。

　　「放肆的老太太！你知道你在和誰説話嗎？」寒風咆哮着，將我緊緊包裹起來帶離地面，向上向上再向上。它衝破了屋頂，來到戶外，裹挾着我不斷向上盤旋。

　　我低頭望向地面，此時，我正被一股瘋狂旋轉着的颶風弄得頭昏腦脹。

　　「你為什麼要偽裝自己？」我不管不顧地大聲説道。

　　「你不是也在偽裝嗎？你根本不是60歲的老人，你也是個孩子對不對？」颶風裏發出嗡嗡嗡的聲音。我被這聲音猛地向下推去，迅速從高空向下掉。

　　我本能地大聲喊起來：「被我猜對吧，你用了『也』！説明你就是個孩子。」

　　「那又怎麼樣，你就要摔成肉餅了！不會有人知道這

個秘密，尤其是那些笨大人！」首領化作的颶風狂笑着。

我飛快地向下墜落，此刻我多希望這一切都只是我的一個夢，我還不想就這樣死掉。難怪大人們一直沒辦法對抗首領，原來他們對抗的是一個想像力豐富的小孩。小孩才不怕什麼遊行、什麼譴責！小孩才會想像出各種千奇百怪的身分來偽裝自己。

遺憾的是，這個小孩的心中充滿霧霾，沒有陽光。

但我知道這一切似乎有些晚了。我閉上眼，等着奇跡或者死亡。

我感覺自己跌落在某種東西上，但沒有預料的疼痛，反而像是掉在一牀天鵝絨般的棉被上，鬆軟有彈性，像爸爸媽媽帶我去遊樂場玩的彈牀。

「呼……真是千鈞一髮啊！」此時，一個熟悉的聲音響了起來。

我睜開眼，驚訝地看到1002號和1003號。不，此刻我應該叫他們大帥和潘朵朵。他們已經恢復了少年的模樣。顯然他們已經取出偽裝身分的智能晶片。

乘坐着雲朵飛行車，我們緩緩地平安着陸。

「小湯，你是嚇傻了嗎？你為什麼不用『腦筋轉轉

轉』變張雲朵被子出來？」潘朵朵氣急敗壞地說，「要不是我和大帥早有準備，你現在已經摔成肉餅了！你嚇死我們了！」說完這話，潘朵朵的眼睛微微濕潤了。

我還來不及和他們說什麼，颶風又追過來了。

「我就知道！」它發出瘋狂的呼嘯聲，「我就知道有些不守規矩的傢伙會違背我的命令，偷渡回來！」

「這不是偷渡！這裏本來就是我們的家，我們自己的家！」我大聲向着颶風喊道。

「沒錯，大人們怕你，我們不怕你！因為你根本不是什麼了不起的人物，你不過就是和我們一樣的孩子！」潘朵朵大聲說道，她的表情那麼堅定。

大帥還及時補充了一句：「缺少愛的孩子！」

颶風越轉越急，越轉越狂躁，它拔起了山上的樹木向我們投擲過來，多虧我們手急眼快，一一躲過。

「你們想要知道的太多了！我8歲也好，80歲也好！你們是我的對手嗎？」颶風說着，像剛才一樣向我們發出猛烈的龍捲風襲擊。

這次的龍捲風更加巨大，整個山頭都隨之搖晃起來。

狂風中，我們三人手拉着手，也用相同的本領對付

它，那就是想像。潘朵朵把我們想像成根，緊緊紮在山頂的大樹，我和大帥則想像出所有威力強大的武器！這些武器全部都衝向旋轉着的颶風。

沒錯，這是一次想像力的較量！

之前人們一直無法對抗他，就是因為大家也沒料到，首領控制整個國家的強大武器，竟然是想像力！當然，就算是知道，大人們的想像力無論如何也敵不過一個孩子，所以，他們才慘敗收場。這也就是為什麼首領要想盡辦法把我們趕走，只留下大人們被他隨意控制的原因！

「如果早知道是想像力，你不一定是我們的對手！」潘朵朵用她的尖嗓門大喊着。

「沒有我，你們的想像力怎麼可能成真？！你們這些忘恩負義的傢伙！」首領瘋狂地回應着。

這話説得不假，被這個新首領統治之前，孩子的想像確實只用在一種鍛煉頭腦的遊戲上。當我們意識到有些想像似乎成了現實的時候，已經來不及了，那時首領已經下了「驅逐」我們的最後通牒。

此時，大帥在風中大聲説道：「它把所有威力都向外吹，武器會彈出去，絲毫傷害不到它。」

沒錯，幾輪攻擊下來，我們想像出的武器確實對颶風來說沒有什麼用。於是我想到用水攻、用火攻，甚至用雷攻，但仍舊沒有效果。

首領狂笑着：「別浪費時間了，快拿着尿片回你們的幼稚園吧。」

此時他化身的颶風更大了，整個天空都被蒙上一層灰色，惡魔一樣的呼嘯聲在國家上空迴蕩。

我們一定能靠想像打敗他，一定能！

　　我的腦子不停地轉動，用力打開自己所有的想像空間。

　　「讓它嘗嘗雪糕怎麼樣？」潘朵朵忽然向我們擠了擠眼睛。

　　好主意！我、大帥和潘朵朵一起展開想像！緊接着，一道藍色的寒光閃過，剛剛還在飛快旋轉的颶風忽然不動了，只見它的風壁上結出厚厚的一層冰殼，在陽光下閃着藍色的光。

　　「不可能，風是流動的，是不會被凍住的！」颶風歇斯底里地叫喊着，可是無論它怎樣掙扎，仍是一動也不動。

　　因為不能動，它再也不能把進攻它的武器吹開了。

　　此時，我們之中最愛幻想的潘朵朵一言不發，這個看起來柔弱的小女生，竟然想像出一把死神的巨型鐮刀，飛快地向停止轉動的颶風劈下去。

　　在鐮刀砍下的一瞬間，颶風還在垂死掙扎：「你們辦不到！沒有比我更厲害的！」

　　「你還不認輸嗎？」我看着眼前這個渾身顫抖着的颶風説道，「你明知道在想像的空間裏，沒有不可能。」

我的話音剛落，只聽到「喀嚓」一聲巨響，颶風那凍得堅硬的風壁，被死神的鐮刀從上至下劈成了兩半！一瞬間，曾經不可一世的首領化成無數塵埃升上天空，消失得無影無蹤了。

一切都安靜了……靜得好像整個國家都融化了一樣。

最後的
較量

　　不知道過了多長時間，天上飄來一朵烏雲，漸漸遮住了太陽，烏雲開始下起雨來，雨越來越大，漸漸匯聚成河流向山下滾滾而去。

　　我們三個互相看了一眼，幾乎同時覺察到事態的嚴重性。

　　「他還在，他沒有被消滅！他想淹沒我們的孩子國！」潘朵朵急得尖叫起來。

　　「他辦不到！」我大喝一聲。想到還在醫院的媽媽、蒼老的爸爸，以及那麼多無辜的大人，我們必須背水一戰，拯救孩子國。

　　「別着急，只要能在意識上壓住他，就會獲勝！」大帥對我和潘朵朵說道。

　　「好，用我10歲的堅強意志，和他戰鬥到底！」我也取出那塊隱藏身分用的60歲智能晶片，丟到一邊。

此刻，即將要奪回孩子國的是10歲男孩小湯。我要讓那個所謂的「首領」看到信念和目標，能讓一個孩子變得多麼勇敢！

烏雲向我們壓下來，雨下得越來越猛烈，打在我們的飛行車上，濺起了白霧一片。一個聲音在天空嘶吼着：「我不會讓你們這些偷渡者有好下場。」

大帥努力控制着飛行車，我緊緊拉住潘朵朵的手，感受着彼此的溫度和力量。

我們一起大聲說：「你不過是個不敢露出真面目的膽小鬼！你害怕我們！」

「我才沒有害怕！」一道閃電劈下來，首領的喊聲夾在雷雨中，外強中乾。

「你不怕我們，為什麼歇斯底里？」雖然還是沒有看到「首領」的真面目，但我對自己的推測更有信心了。

大帥也義正詞嚴地說道：「沒有人比你更清楚：人的力量是有限的，但想像卻擁有無限的力量！不是嗎？」

雨下得越來越大，劈哩啪啦的聲音打在孩子國千篇一律的房子上，打在灰濛濛的馬路上，打在沒有色彩、字體統一的招牌上。

那個飄忽不定的聲音嘶吼着：「我的想像才是最厲害的，我是最偉大的首領！」

話音剛落，暴雨又夾雜着堅硬而冰冷的冰雹擊打着我們的皮膚，說實話我有點驚慌，我不知道接下來該怎樣對抗這個瘋狂的小孩。

「小湯，轉起來，『腦筋轉轉轉』！」恍惚中，我似乎聽到媽媽的聲音。

「『腦筋轉轉轉』？對！繼續想像！」我大聲提醒大帥和潘朵朵。他們望向我，朦朧中我看到他們的眼睛閃閃發光。

對，只要腦筋轉一轉！現在，我們的想像也能像在幼稚園的那樣變成現實，我們可以用正義的想像，來戰勝邪惡的想像！

於是我咬緊牙關，儘量不去想此時的恐懼和疼痛。

該想像些什麼呢？

面對烏雲，面對暴雨，面對冰雹，我們能想到的只有太陽。

「對，陽光可以化解一切！」我說着，跟大帥和潘朵朵緊緊握住彼此的手，形成一個小小的圓圈，我們用盡自

己的所有能量，在頭腦中想像出一個明亮熾熱的太陽。

那太陽高高掛在天上，從烏雲的上方用七彩的陽光穿透了烏雲，一道光、十道光、百道光⋯⋯匯集在一起的陽光射穿了烏雲，把看似可怕的烏雲變得千瘡百孔。

當我們再次睜開眼時，冰雹果然停了。

暴雨隨着陽光的照射也變得越來越小、越來越小。終於，烏雲被陽光徹底分解，消失得無影無蹤，天上出現了一真一假的兩個太陽。

繼續想像，想像出很多很多七色的彩虹，孩子國需要顏色；想像出白頭山、綠草地和掛滿紅葉的森林，孩子國需要美景；想像出唱歌噴泉、琴鍵馬路、鳥兒和蟋蟀，孩子國需要音樂！

當我們三個想像出這一切後，可怕的暴風驟雨終於結束了！

我們筋疲力盡地坐在地上，看到一片狼藉的泥濘中，有個比我們還小的男孩滿身泥水，狼狽地趴在地上。

「他應該就是首領的真身吧？果然是個孩子！」我長舒了一口氣。大帥和潘朵朵點了點頭，臉上露出勝利的笑容。

我們走到那個孩子身邊，小心翼翼地端詳着他。

　　那個小孩一臉茫然，忽然放聲大哭起來：「你們是誰？你們不應該這樣對待首領！你們到底想怎麼樣？」

　　「我們是被你『放逐』到幼稚園的假想敵。」潘朵朵大聲説。

　　「我們要奪回屬於我們的家，我們的孩子國！」我和大帥異口同聲説。

　　「所以，只有你們才能和我比拼想像！」那個自詡為首領的小不點擦掉眼淚，佩服地豎起大拇指。

　　此刻的他就是一個和我們一樣的小孩，沒有首領的威嚴和蠻橫，只剩下無助和孤獨。

　　「説説吧，你為什麼要這樣做？」我冷冷地看着他。

　　這個看起來甚至有點可憐的小孩抬起頭來，斷斷續續地説起他的故事。

　　原來，小首領的爸爸媽媽不喜歡想像，他們每天只知道工作。每當小首領玩「腦筋轉轉轉」遊戲，想像出他喜歡的威武機械巡警、可愛的智能機械警犬時，他的爸爸就會大聲地呵斥他説：「這種不切實際的東西有什麼用，只會浪費時間！以後不許再胡思亂想。」

「它們總有一天會實現啊。」小男孩想要爭取想像的權利，努力辯解説，「爸爸媽媽，你們不覺得丟掉了想像力，我們的生活會失去色彩嗎？」

他的媽媽卻皺着眉頭説：「不，因為你，我們的生活才失去色彩！我們就是因為要照顧你、要努力掙錢，每天才忙得雞飛狗跳團團轉！」

他們就這樣時常爭吵、時常抱怨，漸漸地這個小男孩的世界也變得陰暗沉悶了！

「當我看到別人的爸爸媽媽每天陪着孩子遊戲，而我的爸爸媽媽心裏根本就沒有我時，我很生氣！」小首領氣呼呼地説道，「終於有一天我爆發了，我要讓他們看看想像的力量！我發明了『幻想成真氣體』，讓我的想像都變成現實！」

聽他説完這一切，我們都沉默了。

我們想過千百種可能，但沒有想過事情的起因是這樣的。

「越是壓制，反彈力就越強大！」大帥自言自語道，「所以，他的想像力才會變得如此強大，大到隨時會失控！」

　　潘朵朵也認同地點點頭：「所以你趁我們還沒有發現那種神奇氣體的時候，把我們趕出孩子國？」

　　「這是我能想出的最好辦法。」這位小首領點點頭説，「只有你們離開了，我才能更好地控制這些討厭的大人。誰叫他們不喜歡我、嫌我是累贅？我要讓他們的生活變得沒有想像、沒有色彩，無聊透頂！」

　　大帥搖搖頭説：「你太自私了，你有沒有想過我們？」

　　「你們離開父母一樣可以長大，父母離開你們也照樣生活得很好，有什麼不好呢？」小首領理直氣壯地説道。

　　他的話音剛落，另一個聲音從我們身後響起：「不是的，孩子，你全錯了！你把美好的想像用錯了！」

　　我心裏一驚，這個聲音……難道是？

後來的故事

「我的小湯！」那個温柔的聲音又深情地喚了一聲我的名字。

是媽媽！我再也忍不住了，眼淚嘩嘩地流下來，轉身朝那個聲音跑過去！沒錯，站在不遠處的人正是我的媽媽。

「媽媽，你怎麼知道我回來了？」我一頭撲進了媽媽的懷抱裏。

雖然我已經是個10歲的大男生，個子也幾乎有媽媽一半高，但我依然緊緊抱住媽媽不想放手。緊接着，爸爸也走了過來，他紅着眼眶，伸開寬厚的臂膀，一下子抱住了我和媽媽。

「無論外表怎麼改變，所有媽媽都能感受到自己孩子的心跳！」媽媽蒼白的臉上露出微笑，「小湯，你知不知道我感覺有雙熟悉的眼睛在我身邊注視過我？我覺察到這

個城市裏有些不一樣的氣息，於是我知道一定是我的小湯回來了。」

媽媽撫摸着我的頭髮，愛憐地看着我。

這一切都被小首領看在眼裏，他頓時又痛哭起來：「我也想被爸爸媽媽這樣抱在懷裏，我也想跟爸爸媽媽撒嬌，但他們根本不愛我！」

「不會的，你的爸爸媽媽一定是暫時被生活的壓力蒙住眼睛，忘記如何去愛，才會有很多抱怨和不滿。」我爸爸走到哭泣的小首領身邊，抱住他輕聲說道，「你要用自己的想像去幫助他們，而不是報復，這才是想像正確的用法。」

「幫助大人？我……我可以嗎？」小首領抬起頭，眼中露出難以置信的光芒，「我做了這麼多糟糕的事情，他們還會接納我嗎？」

「不管你做了什麼，你都是他們的孩子，他們會一直愛你，只是他們有時候忘記了該怎樣表達。」媽媽走過去輕輕拍着他的後背，「孩子，去找你的爸爸媽媽吧，他們一定也在望穿秋水地等着你……」

小首領站起身點了點頭，忽然又擔憂地說：「可是我

那些小伙伴……我是說幼稚園的那些孩子……」

「放心，這些事情交給我們大人來處理吧。你需要的是重新找回屬於自己的愛！」媽媽擦乾他的眼淚，抹掉他臉上手上的泥跡，「來吧，讓我們再來玩一次『腦筋轉轉轉』，把你這些髒衣服換下來。」

小首領看着我的媽媽，我的媽媽也微笑地看着他。

小首領終於笑了，他閉上眼睛，認真地展開他的想像力。

一道彩虹繞着他轉了一圈，漂亮的顏色變成了他的新衣服。從我媽媽微笑着的眼睛裏，他看到自己真實的樣子，一個8歲男孩的樣子……

就這樣，被「神秘首領」統治的日子結束了，孩子國又恢復從前的樣子。

我們因禍得福有了兩個家——孩子國和幼稚園。所有人都可以去幼稚園做「孩子」，不管是爸爸媽媽還是爺爺婆婆，都可以在幼稚園裏找回童心，獲得無憂無慮的幻想時光。

大帥現在特別受歡迎，每天放學都會有同學堵在我們班課室門口，排隊請他幫忙添加「友情門」；潘朵朵因為

喜歡設計美味的雪糕，被電視台稱為「雪糕小仙女」，她再也不喜歡穿黑色的衣服假裝黑客了。

我還是老樣子。

我那長着仙人掌般鬍子的爸爸還是像從前一樣，下班後會偷偷帶着我去酒吧喝一杯玫瑰蜜酒，然後自豪地跟朋友介紹説：「我兒子就是第一個偷渡回來拯救孩子國的那個60歲老太太！」害得我的臉一直紅到了脖子。

我媽媽每個星期都會安排一天的時間自己去幼稚園，在那裏盡情想像。我覺得她很喜歡這種生活，因為她的笑容越來越年輕了。

對了，還有一件讓我們愉快的事情，那就是有一天我收到一封信。

「天啊！爸爸媽媽，你們看！」我從信封裏面拿出一張照片後，忍不住叫了出聲，「是小首領和他的父母在一起，他們笑得好開心啊！」

爸爸媽媽湊過來看我手中的照片，也連連説：「真好啊！真好啊！」

「謝謝你們！我很幸福！」這時照片説話了，是小首領的聲音。

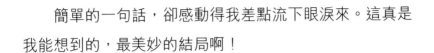

簡單的一句話，卻感動得我差點流下眼淚來。這真是我能想到的，最美妙的結局啊！

古怪國不思議事件 3
出擊！決戰百變首領

作　　者：段立欣

繪　　圖：吐紙超人

責任編輯：楊明慧

美術設計：劉麗萍

出　　版：新雅文化事業有限公司

　　　　　香港英皇道499號北角工業大廈18樓

　　　　　電話：（852）2138 7998

　　　　　傳真：（852）2597 4003

　　　　　網址：http://www.sunya.com.hk

　　　　　電郵：marketing@sunya.com.hk

發　　行：香港聯合書刊物流有限公司

　　　　　香港荃灣德士古道220-248號荃灣工業中心16樓

　　　　　電話：（852）2150 2100

　　　　　傳真：（852）2407 3062

　　　　　電郵：info@suplogistics.com.hk

印　　刷：中華商務彩色印刷有限公司

　　　　　香港新界大埔汀麗路36號

版　　次：二○二一年九月初版